Afromarxismo

Fragmentos de uma teoria literária prática

Conselho Editorial

Luiz Mauricio Azevedo

Afromarxismo

Fragmentos de uma teoria literária prática

Editora Sulina

Capa: Humberto Nunes
Edição Gráfica: Tiba Tiburski
Revisão: Simone Ceré
Editor: Luis Antonio Paim Gomes

Bibliotecária responsável: Denise Mari de Andrade Souza CRB 10/960

A994a Azevedo, Luiz Mauricio
Afromarxismo: fragmentos de uma teoria literária prática / Luiz Mauricio Azevedo. – Porto Alegre : Sulina, 2022.
128 p. il.; 14x21cm.

ISBN: 978-65-5759-089-8

1. Literatura Brasileira. 2. Literatura Brasileira – História e Crítica. 3. Racismo – Literatura Brasileira. I. Título.

CDU: 821.134.3(81).09
CDD: B869.909

Rua Leopoldo Bier, 644, 4º andar – Santana
Cep: 90620-100 – Porto Alegre/RS
Fone: (51) 3110.9801
www.editorasulina.com.br
e-mail: sulina@editorasulina.com.br

Outubro/2022
IMPRESSO NO BRASIL/PRINTED IN BRAZIL

Durante os luminosos dias que se
seguiram à promulgação da Lei Áurea,
Tomaz Lemos, o irmão de meu tetravô,
embriagado de intensa alegria,
saiu às ruas da cidade de Rio Grande
para celebrar o fim da escravidão.

Quase seis décadas mais tarde, em seu leito de morte,
ele fez um diagnóstico preciso sobre a distância
entre os direitos previstos na legislação federal e os
direitos efetivamente gozados pela população negra:

"Depois da festa, não tínhamos para onde ir.
Foi tudo muito triste."

Este livro é dedicado a ele.

Sumário

Antes de virar a página

Este livro é, em certa medida, um desdobramento de *Estética e raça: ensaios sobre a literatura negra*, publicado por mim em 2021. Naquela oportunidade, sob o calor dos estilhaços ideológicos do *Black Lives Matter,* me dediquei inteiramente ao tecido literário, mas a recepção da obra acabou me convencendo de que havia ainda algo por dizer, algo que ali soaria fora do lugar, mas que em outro trabalho, cujo objetivo fosse a ciência social, seria muito válido. Aquilo que em Teoria Literária atrapalha a apreciação dos objetos estéticos, em sociologia os engrandece. Infelizmente, para mim, mesmo quando mudamos a inclinação de nosso olhar e passamos a observar o que ainda não havia sido contemplado, não conseguimos, como pesquisadores e pesquisadoras, apagar da retina a marca daquilo que costumávamos ver. Assim, *Afromarxismo: fragmentos de uma teoria prática* ainda se subjuga à minha voz literária e aos rastros da minha consciência étnica.

Desde 1997 milito pelas causas sociais. Comecei no PT e, desde 2018, sou filiado ao PSOL. Imagino que isso dê conta das questões mais óbvias de afinidade ideológica e apague qualquer ilusão de neutralidade quanto ao que vou escrever. Presumo que isso adicione novas ilusões sobre o que proponho aqui. Cada vez que termino um livro – e com este não foi diferente – tenho a sensação de que logo terei que escrever outro sobre o mesmo tema. Quanto mais se corta a grama, mais grama deverá ser cortada, porque o objetivo da vida não é eliminar as adversidades, mas passar o tempo inteiro lutando contra elas, suspeito.

Em *Estética e raça...* procurei dar conta do fenômeno literário e fiz da teoria uma ferramenta para isso. Agora pretendo realizar o caminho inverso. Pretendo fazer brotar do exercício prático da crítica literária um marxismo negro brasileiro que dê conta daquilo que nós, brancos, negras, brancas e negros, temos precisado: uma renovação esperançosa de nossa resistência histórica. Espero produzir um conhecimento que seja capaz de responder a uma questão que tem dominado minha cabeça durante quatro décadas: o que fazer para evitar que a fantasia da supremacia branca me convença de que o único problema do mundo em que vivemos é sermos coloridos?

Para cumprir minha promessa, antes um esclarecimento de caráter epistemológico: a realidade objetiva das sociedades capitalistas atuais obriga que eu respeite os processos de apropriação de termos que não representam o que dizem, mas que nos levam, por imperativo comunicativo, a chamá-las do jeito que aparecem para as pessoas e não do jeito que são. Assim, o sufixo *afro* presente no título se refere não a supostas origens das minhas reflexões, mas às origens presumidas de uma pessoa negra no Brasil.

Não é novidade para ninguém o fato de o capitalismo atual não ser o mesmo que aquele descrito por Karl Marx em 1867, época do lançamento de *O capital: crítica da economia política*. Tampouco não se constitui notícia valiosa já haver um novo conjunto de contribuições intelecto-práticas do materialismo histórico, que, tendo se desprendido do núcleo genético que lhe deu origem, parece hoje perambular como zumbi, em busca de um sentido social maior. As contínuas transformações sociais (que foram conquistas das lutas dos trabalhadores e das trabalhadoras, é bom que se diga) moldaram o sistema econômico de tal modo que hoje o que tomamos como capitalismo por vezes difere daquilo que aprendemos como sendo capitalismo. As reflexões que trago não são, portanto, frescas. A operação aqui é muito mais uma tentativa de ajustar as partes fundamentais da tradição marxista às necessidades urgentes do olhar negro contemporâneo do que propriamente uma revolução conceitual. Nas últimas décadas muitas figuras se impuseram, com grande êxito, tal tarefa: Cedric Robinson, Frantz Fanon, Lelia Gonzalez, W.E.B Dubois, Cornel West, Clóvis Moura, Angela Davis, bell hooks... Uno-me a esse grupo em ânimo, esperando, evidentemente, que meu tamanho diminuto não impeça o cumprimento da missão.

Nada do que digo aqui poderá, contudo, ser aplicado a outro país, ou mesmo ao Brasil, em outro momento histórico. O que digo tem validade limitada ao agora. E se o depois sustar a relevância do que defendo aqui, por conta da força das marés históricas, tanto melhor.

Afromarxismo: por uma razão feita de sal

O capitalismo precifica todas as coisas e está em todos os territórios. Para ele nada é sagrado ou interditado. Em todos os domínios ele penetra; a todas as almas ele escraviza. O fato de meus ancestrais terem sido mercadorias é um traço que me condiciona como indivíduo e me define como pertencente a uma classe específica, com demandas específicas. Não acredito que o funcionamento de um sistema econômico possa ser reduzido a regras monetárias; porém, rejeito de forma peremptória o delírio de que questões identitárias possam se sobrepor às urgências econômicas. Todas as esferas se intercalam, se imbricam, se misturam e formam um bolo de desgraças e de delícias que chamamos de vida social. Como pesquisador negro, penso que é fundamental procurar construir teorias que não amputem os elementos que são caros a quem teve sua história marcada com uma experiência de sofrimento tão dilacerante, mas que tampouco façam desses elementos entidades autônomas, desligadas do epicentro histórico-econômico de sua produção. Quando penso em afromarxismo, tenho em mente que a economia não é um assunto neutro para nós, que fomos mercadoria. Quando falamos em economia, levantamos a pele fina de um processo de violência histórico ainda em cicatrização.

O processo através do qual os negros poderiam ressignificar a escravidão tem sido alvo de interdição e repressão contínua dos aparelhos ideológicos do racismo no Brasil. Por isso a política de cotas foi tão duramente atacada nos primórdios de sua implantação. O objetivo é evitar que traços distintivos identificados como socialmente negativos se tornem ativos, que provoquem a reversão de certos modelos estereotipados que se apresentam às pessoas negras como arquétipos neutros. O que está sempre em jogo é a disputa da narrativa de controle.

Indivíduos negros descendem de outros indivíduos negros. Estes, por sua vez, descendem de indivíduos negros que foram escravizados. Essa origem tem sido sublinhada em trabalhos sobre o tema racial. Gostaria de destacar, no entanto, outro aspecto dessa trajetória humana: a de que a liberdade não é algo estranho à vida negra. Pensando em termos aritméticos, o período em que fomos escravizados foi infinitamente inferior àquele em que vivemos livres. A escravidão é uma unidade temporal celular, que não pode resumir a função de nossa história neste planeta. A condição de escravizados foi fruto de um evento específico na vida de meus antepassados, mas que se tornou, por força dos registros oficiais e da cultura, a única marca da minha ancestralidade na Terra. Como resposta a essa violência, a comunidade negra se voltou a uma fetichização de nossas origens, frequentemente ligadas a uma suposta monarquia perdida. Dessa ideia derivam conclusões equivocadas, justificadas em vídeos, livros e um conjunto de materiais que visam a nos convencer de que tudo o que existe de positivo no mundo seria fruto do trabalho negro. Para alguns, esse é um engano que deve ser tolerado, como elemento menor da série de enganos em um mundo de *fake news* e mentiras.

Entretanto, se considerarmos que as mentiras devem ser toleradas quando em nosso favor, perderemos importantes oportunidades de repor a verdade histórica que nos favorece amplamente. Não. Não criamos tudo o que existe no mundo. Sim, grande parte das coisas que compõem o mundo moderno foi engendrada com nosso sangue e nosso suor, em um trabalho sem remuneração monetária e sem reconhecimento simbólico. Nosso sentimento de indignação em relação a isso não deve, todavia, ensejar o sacrifício dos fatos históricos.

Irmã dessa perspectiva míope é a ideia de que a ausência de um plano nacional de proteção aos escravos alforriados pela Lei Áurea, em 1888, impediu a instauração de uma liberdade efetiva, sendo, portanto, melhor a escravidão declarada à agonia fantasiosa de uma abolição incompleta. Muitas vezes é possível ouvir lamentos de quem no mundo atual, dadas as condições de pauperização profunda da comunidade negra, rejeita qualquer tipo de celebração do fim da escravidão. Compreendo as motivações dessa reação, mas não encampo suas teses. Não se deve, afinal, substituir a lógica pelo sofrimento. As condições sociais que levaram à pauperização do negro não foram fruto da abolição, mas de um processo de vingança em relação aos escravizados. Se houve recursos para contratar trabalhadores imigrantes (em sua maioria italianos e alemães), haveria também para o pagamento negro. O alegado medo das tensões reprimidas, tema sempre levantado por pesquisadores filobrancos, mal disfarça o ideal de revide.

É certo que a escravidão era um processo violento e caro, que obrigava um sistema de vigilância constante e instaurava no país um custo social alto. Contudo, é verdade também que, para a parte branca da população, a emancipação negra representou um rebaixamento simbólico de sua própria condição. Quando todos se tornaram livres, tornou-se necessário garantir que tipo de liberdade teriam os negros. A liberdade passou a ser produzida em versões diversas. A versão disponível aos negros era recheada de pesos e contrapesos que visavam não apenas ao seu atraso, como também à construção de que suas conquistas de nada valiam e de que seu próprio passado de escravidão não fora assim tão terrível.

A escravidão é um crime cuja punição dos culpados depende da confissão deles. Como não confessam, jamais podem ser punidos. E, por não serem punidos, continuam a cometer o mesmo crime, na certeza de que sabem como minar as resistências daqueles que subjugaram durante os últimos cinco séculos. Grandes exércitos também são derrotados pelo tamanho de suas ilusões.

O que é, como se pega?

O afromarxismo não é um conceito; ele é um para-conceito ou mais: uma postura epistemológica. Nascido do seio das necessidades práticas de responder a processos que condicionam a experiência negra a partir da Modernidade, o afromarxismo não é um caminho teórico para uma prática, ele é um caminho prático para a revisão de uma teoria. Em certo sentido, sua função é proteger a premissa de que o saber científico ainda é um valor a ser preservado e a junção dele ao saber popular é a única maneira de combater o crescente anti-intelectualismo brasileiro.

Prefiro afastar a ideia de conceito porque conceitos nascem de uma necessidade de desprendimento do que existe em relação àquilo que se faz necessário existir. Na mesma linha do que Derrida nos ensinou, afromarxismo só pode ser considerado um conceito se o suspendermos de sua concretude, uma vez que ele não resistiria ao escrutínio crítico necessário a provar sua valia sem o conceito ao qual ele faz referência. Nesse sentido, o afromarxismo passa a fazer sentido no momento em que os instrumentos da pesquisa acadêmica se tornam empecilhos à emancipação negra no Brasil. Assim como os meios de produção de mercadorias, a universidade brasileira também é dominada por inimigos da classe trabalhadora. Isso não significa dizer, evidentemente, que não há, no útero das universidades – especialmente nas públicas – indivíduos da própria classe trabalhadora, que dedicam sua vida a desmontar as engrenagens da ideologia racial, algo que, embora tenha muito validade moral, pouco poder efetivo possui para desfazer a tragédia social que temos vivido. Fossem as ações pessoais isoladas capazes de salvar as instituições, nenhum racismo institucional seria flagrado nos dias de hoje.

No quadro atual, o problema é coletivo. E de classe. Os negros foram transformados em *commodities* das universidades. Essa operação retornou-nos, negros, simbolicamente, à condição de mercadorias.

> Toda a dificuldade provém do fato de que as mercadorias não se trocam simplesmente como mercadorias, mas como produtos de capitais, que requerem uma participação proporcional à sua grandeza na massa total do mais-valor ou uma participação igual quando sua grandeza é igual. O preço total das mercadorias produzidas por um dado capital, num prazo determinado, deve satisfazer essa exigência. Mas

> o preço total dessas mercadorias não é mais que a soma dos preços das diversas mercadorias que constituem o produto do capital (Marx, 2018, p. 209).

Nem sempre os marxistas apoiam Marx. Talvez por isso a própria crítica desse retorno não encontra eco na tradição marxista brasileira, e é logo descredibilizada através do reducionismo de que, afinal, tudo se tornou, a essa altura do sistema, mercadoria. Da força de trabalho emprestada às empresas aos aconselhamentos terapêuticos, passando pelas informações sobre o nosso comportamento (colhidas às vezes a contragosto em sites e nas redes sociais), são múltiplos os exemplos que apontam positivamente para o fato de que o processo de mercantilização da vida humana se tornou dominante. Negros e negras puderam ser trocados por um volume de capital porque encarnavam a potência de uma força de trabalho para uso de seus donos. Suas forças produziam mais capital. Os dividendos obtidos com a exploração do trabalho alheio eram legados exclusivamente aos donos das fazendas[1].

---

[1] "A força de trabalho necessária à confecção de uma mesa de madeira, por exemplo, é determinante para a configuração de seu preço. Mas para produzir uma mesa eu preciso ter madeira (por óbvio), parafusos, ferramentas e algum conhecimento. Nesse ponto Marx faz uma suposição fundamental: o controle dos meios de produção está interditado à classe trabalhadora. Assim, ela só tem de sua a própria força de trabalho. Pois bem, se isso é verdade, vamos deslocar agora um pouco a lente em direção à questão negra. Os negros possuem a experiência histórica da escravidão. Portanto, é lúcido afirmar que eles não foram sempre os donos de sua força de trabalho. O que produziam redundava em lucro para terceiros. As terras que cultivavam eram preparadas para colheita alheia. É interessante perceber como grande parte dos autodeclarados liberais brasileiros apontam os impostos como roubo da produção de riquezas dos indivíduos, mas custam a aceitar a escravidão como roubo. A justificativa da época é que os escravos eram peças produtivas que haviam sido compradas. E, como tal, deveriam pelo menos fazer retornar aos seus donos todo o custo de sua compra. É por isso que a análise marxista, se levada a sério, individualiza o

Somos mercadorias valiosas no processo de convencimento de que ainda há valor nas ciências humanas e que elas podem oferecer, a partir do cultivo e da manufatura de cérebros negros bem treinados, um capitalismo mais eficiente.

Uma parte da inteligência negra não atentou para o fato de que o capitalismo já não parece mais disposto a encampar as teses racialistas que defendem o racismo antinegro como pertencente à estrutura genética do capital. Ora, o capitalismo hoje compreende que a escravidão foi uma etapa necessária à instalação do capitalismo, mas que já foi devidamente substituída por conta de sua óbvia obsolescência[2]. Aliás, esse foi o diagnóstico de grande

---

exame das condições materiais e universaliza o compromisso de libertação" (Azevedo, 2019, p. 54-56).

2 "Quando eu tinha seis anos, tentei provar ao meu irmão Ricardo - o meu irmão se chama Ricardo, anotem isso, para o caso de precisarem dessa informação no futuro - que a Lua andava ao meu lado. Argumentei com ele, bem firme e calmo, que ao me movimentar o satélite ia junto. Era de mim, garanti, que partia a motivação daquilo que estava no céu. Graças ao caçula da casa havia luz no meio da escuridão. Meu irmão riu fraco no começo. Depois, gargalhou. E não parou de gargalhar até ser interrompido pela minha proposta irrecusável: se eu estivesse errado, ele poderia dormir na parte de cima de nosso beliche por um mês. Ele tinha nove, eu tinha seis. Havia muito em jogo. Arquitetei uma estratégia que provaria cientificamente minha teoria. Pedi que ele fosse, sozinho, até o fundo do quintal. Depois, fui ao encontro dele, para testemunhar sua expressão de perplexidade quando percebesse que era a minha presença que trazia a Lua. Naturalmente, perdi. Houve mais gargalhadas. E promessas de dias difíceis. Humilhado, apelei às instâncias superiores. Minha mãe, com um balde de roupas molhadas e prendedores de madeira presos ao quadril, puxou meus braços para baixo com bastante força e disse, muito braba: "A Lua não anda com ninguém, Maurício. Usa a cabeça pra pensar". [...] Pense no banco no qual você tem conta, sempre tão duro nas negociações de rolagem de suas dívidas, mas com as torneiras escandalosamente abertas para financiar a arte dos pretos, o gosto dos pretos e o triunfo da vontade preta. Pense na editora que publica nove entre dez livros que você lê, estragando o catálogo que faz sua cabeça desde os anos oitenta, em nome do que eles chamam de bibliodiversidade, mas que você sabe não passar de regressão estética.

parte da tradição marxista brasileira: a escravidão teria sido uma etapa econômica necessária ao desenvolvimento do sistema, sendo seus efeitos naturalmente substituídos pelos benefícios de um novo paradigma sociopolítico. Enquanto isso, no entanto, os negros deveriam esperar pacientemente que o projeto econômico ruísse. À comunidade negra caberia a espera; já a comunidade branca deveria suportar o constrangimento de usufruir de condições melhores que as da ralé. Com o tempo, o volume de testemunhos sobre o mal-estar branco em relação à pobreza negra ficou tão grande que se tornou fácil emplacar a tese de que o racismo é tão nocivo aos brancos quanto aos negros. A universidade, mais uma vez, aceitou essa operação. Encurralado entre as pressões do neoliberalismo e as conveniências do capitalismo tupiniquim, o corpo docente de nossas principais faculdades se especializou em desidratar o marxismo. E a oferecer cada vez mais justificativas sobre o funcionamento do mundo, e não mais alternativas ao modo como as coisas funcionam no mundo.

Um fenômeno que se repete no capitalismo é o da descoberta de um talento no meio de uma situação social adversa. "Fulano está muito bem, coisas boas estão acontecendo para ele. Ele merece". A meritocracia tem essa aparência de acerto de contas. Tudo o que o sistema sonega à maioria pode ser facilmente entregue, em uma só

Perceba: tudo a seu redor se escurece. Aqueles seus aliados de primeira hora – antes tão favoráveis a bancar seus eventos de cultura e seus debates sobre o impacto da *nouvelle vague* na cultura contemporânea – agora dissipam-se em lives intermináveis com ex-favelados, encardidos e professores universitários *wannabes*. Você ficará sozinho com o seu racismo, na sala fechada de sua imaginação precária e apodrecida. O capitalismo é sua Lua. E é meu dever desmanchar sua branquitude no ar. Tenho consciência disso" (Azevedo, 2021b, p. 130).

canetada, para um indivíduo que passa a encarnar o sonho que se sabe de antemão ser impossível a todos. Assim, eu diluo na realização do outro a áspera ideia de que não poderei realizar meus sonhos em mim[3]. Como se vê, a grande separação entre idealistas e materialistas não está na capacidade de nutrir fantasias, mas na crença de que as fantasias são o que somos e que o que somos nos obriga a criar fantasias para suportar o que temos sido. Assim, o materialismo não se caracteriza por ser um modo especial de ver a vida, típico de pessoas dotadas de capacidade cognitiva superior, mas por ser um modo de entender as engrenagens que nos fazem ver a vida do modo como vemos, sendo nós quem somos. Para combater a ideia de que a consciência humana é construída pela realidade material que circunda os cérebros humanos, a tradição idealista expandiu os limites do conceito de humanidade, até levá-lo ao limite de sua dissolução pelo excesso.

---

3 "[...] Mercadoria é trabalho humano tornado morto. O valor de uma mercadoria é dada pelo poder de troca que ela possui. Pensemos então em um punhado de pedras. Pela multiplicação da presença dessas pedras, é possível que elas tenham pouco valor de troca. Isso equivale dizer que é pouco provável que eu encontre alguém disposto a pagar por elas. Ao tomar consciência disso, tenho o julgamento alterado em relação ao valor das pedras. O que outros pagariam por algo altera substancialmente minha ideia de valor. É fato. Valor é aposta. Uma coisa: difícil afastar a suspeita de que, no momento atual, trabalhar nada mais é do que acumular as humilhações de um mês inteiro para trocá-las mais tarde por mercadorias. Você trabalha mais do que gostaria, ganha bem menos do que precisa e, toda vez que vê uma sepultura com a inscrição 'descanso eterno', tem a nítida sensação de que se trata de uma promessa, não de um lamento. Você sente que está perdendo a vida. Você aluga sua existência em troca de serviços e produtos que o ajudariam a continuar vivo, não fosse o fato de que, por dentro, você está morto. De vez em quando você vai ao cinema, é verdade. Se o filme é bom, você é invadido por uma sensação ampla de recompensa. Um bom filme salva seu fim de semana, não é? Mas quantos filmes são necessários para salvar a sua vida? Também não sei" (Azevedo, 2019, p. 48).

Um exemplo claro disso é que hoje em dia poucos trabalhos de teoria literária conseguem se afastar da ideia de que a literatura teria como função principal "evitar a desumanização dos indivíduos que vivem em situações de vulnerabilidade social". A tarefa de investigar as consequências do social no território do indivíduo foi abandonada. E a literatura passou a se resumir à temática que aborda. Esse é um processo entre iguais. O texto vem do social e vai para o social. Já não alcança mais a esfera íntima. Em resposta a isso, repete-se o discurso sobre a perda da humanidade, mas desumanizados não podem outra coisa senão produzir reflexos de sua falta de humanidade, em um jogo no qual suas próprias carências parecem existir como reforço da importância de seus comportamentos maniáticos. Do ponto de vista estético, já não se pode definir a qualidade de um livro pelo julgamento da inventividade linguística de autores e autoras. O que interessa agora é o tema. Os livros passam a valer pela mensagem que pretendem disseminar. Tal qual um produto publicitário, sai o desempenho e entra a intenção. A criticidade conquistada pela luta freiriana foi substituída pelo desterro da razão. Perguntar com olhos esbugalhados "o que o autor quis dizer aqui?" voltou a ser mais importante do que indagar "o que esse texto nos traz?".

Recentemente assisti a um grupo de professores comemorando uma notícia sobre o aumento no número de romances escritos por autores negros, em detrimento do que existia no passado, quando, segundo eles, "a produção era só poesia". O mais entusiasmado deles afirmou: "O romance é a realização máxima de quem escreve livro. É o *crème de la crème* da coisa toda". Um segundo lhe fez coro: "Ah, é. E olha, ultimamente a coisa melhorou muito, né? Antigamente a gente via esse pessoal escrevendo só poesia. Daí veio as cotas e o Prouni... eles agora escrevem tudo. Não é só poeminha." Resisti à tentação de abandonar o convívio social e bancar o racista Voltaire. Tentei, então, a via do debate. Perguntei o que achavam de Camargo, Souza, Bishop, Drummond, Eliot. Dois ficaram em silêncio. E dois admitiram que não liam poesia.

A verdade dos corredores da FFLCH e o duplipensar universitário

A renitente tolerância dos grupos negros com o discurso universitário divorciado da prática emancipatória é um dos inimigos a serem combatidos. Ao reproduzirem *ad infinitum* o discurso de que o mundo real é antimarxista e que, portanto, é necessário compreender o materialismo em sua dimensão meramente bibliográfica, pensadores pretensamente marxistas trabalham no coração da ilusão no proletário. Se ao chegar às universidades o proletariado negro encontra apenas um corpo docente cansado, decidido a multiplicar profissionais cínicos, incapazes de um movimento que não seja o de manutenção das coisas como elas são e de um modo mais eficiente de utilizar os instrumentos de alívio das pressões sociais (financiamentos internacionais, órgãos de governo e bolsas de estudo arrancadas através de chás com aqueles que têm o poder de movimentar o dinheiro acumulado com a exploração daqueles que supostamente vão lucrar com tais programas), estamos destruindo não apenas a universidade, mas a possibilidade de uma mudança significativa. Apesar disso...

> Não me parece que a *intelligentsia* se preocupa com a negritude. Eles estão confortavelmente feli-

zes com seus quarenta alunos negros, em um universo de quatrocentos. Ocorre que não haverá para professores – brancos, mestiços, pardos ou ítalo-descendentes, leitores de José Saramago, adoradores de Bolaños, santos, sábios, abusadores, onanistas discretos ou quem quer que seja – nenhum lugar de proteção se a universidade continuar sendo pacífica em relação às forças que ameaçam destruí-la. Estou, é claro, tratando das ciências humanas, que não podem salvar vidas, retirar pedras dos rins às três e meia da manhã, desentupir artérias, equilibrar a glicose, erradicar neoplasias malignas, edificar pontes ou limpar canais dentais. Não há nenhuma relevância para as ciências humanas em um futuro próximo, a menos que passem a trabalhar para resolver as questões pelas quais elas alegam ter sido criadas: a superação dos reais desafios gerados pela vida em sociedade. Não por acaso, é muito difícil você encontrar professores marxistas. A grande maioria fala de Marx no passado, culpando um suposto dogmatismo, ou criticando as ações do partidão, nos anos cinquenta. Entendo, é claro. Não é mesmo fácil equalizar o financiamento da FAPESP, a ida semanal à Vila Madalena e o investimento em Tesouro Direto com os volumes traduzidos de *O Capital*. Como resolver a contradição de ser um privilegiado no mundo do capital e ao mesmo tempo sair por aí anunciando a extinção iminente do capitalismo? Parece que parafrasear Cazuza e dizer "eu sou burguês, mas sou pesquisador 1A" nem sempre é suficiente. A realidade exige tudo (Azevedo, 2019, p. 21-22).

É bastante antipático dizer, a essa altura da ressaca do *Black Lives Matter* no Brasil, quando a comunidade negra já começa a perceber que as promessas feitas no momento em que as armas estão no pescoço dos inimigos tendem a não ser cumpridas quando as coisas voltam à normalidade, que todo o interesse em "colocar o negro na universidade" (gosto dessa expressão porque dá conta de uma indisfarçável noção de que o negro é um objeto à deriva do gesto branco) tinha uma óbvia função limitadora de nossa emancipação: a melhoria dos serviços oferecidos pelos negros aos brancos; e não a superação dessa servidão[4].

Não está escrito em lugar nenhum que a revolução deve ser branca. Apesar disso, ao longo dos séculos assistimos ao nosso enfileiramento negro sempre colocados na vanguarda das guerras e na retaguarda dos ganhos.

---

4 "A tentação eugenista de medir o caráter das pessoas pela tonalidade de suas peles tem espaço garantido na configuração demográfica de nossas universidades. E isso parece ser mais grave no campo da esquerda. Falta-nos uma certa coragem intelectual e sobra-nos uma paixão renitente pelo conforto de poder olhar para a outra margem do rio. É, afinal, da direita o nazismo, a intolerância bruta, o racismo explícito. Então, ainda que sejamos – como sociedade – racistas, rejeitamos a evidência de que somos indivíduos racistas. A grande presença de professores universitários brancos em coletâneas de artigos que se pretendiam, na época da implantação das ações sociais afirmativas no Brasil, ser uma resistência àquilo que se convencionou chamar de "tentativa de macaquear a questão racial americana", deixa claro que estaríamos dispostos a criar uma versão universitária de Não somos Racistas, caso Ali Kamel tivesse qualquer necessidade de apoio editorial em suas empreitadas. Enquanto isso, em nossas associações, em nossos grupos de estudo, em nossos núcleos de pesquisa, fixam-se, como tártaro, nossas miopias sociológicas, escondidas sob o véu da boa intenção. Sobram funcionários negros nos precarizados postos de trabalho oriundos do processo de terceirização encampado por diretores cujos interesses no Lattes incluem a Escola de Frankfurt, os Estudos Pós-Coloniais, e a teoria bourdiana da Distinção Social. Como se vê, o Grande Hotel Abismo agora tem reservas disponíveis pelo smartphone" (Azevedo, 2019, p.10).

Nós, negros e negras, nunca estamos suficientemente prontos para guiar o capitalismo. Nunca somos o candidato mais preparado. Nunca somos a escolha mais equilibrada. Há um período reservado para nós, no qual liderarmos o mundo. Esse período é o futuro[5]. Mark Dery, inventor do termo "afrofuturismo", sugeriu certa vez, em Porto Alegre, que os estadunidenses sofrem de uma amnésia histórica crônica. Se isso é verdade – e eu acredito que seja, porque tendo misteriosamente a reconhecer a luminosa inteligência daqueles que pensam como eu –, as vozes brancas que proclamam a chegada de um futuro negro já não lembram o significado dessa ameaça. Esse futuro é, para eles, algum tipo de consolo, porque revela que, pelo menos agora, no presente, estão a salvo de um mundo sob o comando negro.

De toda sorte, não se fará qualquer transformação no mundo em que vivemos sem o devido exame daquilo que hoje pertence ao mundo atual e que possa pertencer a um mundo futuro. Alguma coisa do presente precisamos levar para o futuro. Assim, é razoável concluir que algo de branco terá de sobreviver no mundo negro. E algo de racial terá que ser introjetado em nosso projeto de superação para que triunfe o verdadeiro

---

5 "Se é fato que se conseguimos ser Lewis Hamilton, Silvio Almeida, Serena Williams, Djamila Ribeiro, Oprah Winfrey, Sueli Carneiro, Spike Lee, Angela Davis, Elza Soares, Cornel West, Alice Walker, já tendo sido Malcom X, Rosa Parks, Miles Davis, Cruz e Sousa, Milton Santos, Machado de Assis, Martin Luther King, André Rebouças, Billie Holiday, Toni Morrison, Fred Hampton, Pixinguinha, Abdias do Nascimento e Ralph Ellison, então não há outro caminho lógico senão concluir que o racismo é um sistema de cotas brancas, feito para evitar que brancos incompetentes, mas bem relacionados, sejam varridos dos cenários de brilho. Sem o racismo estrutural, nós negros seríamos a maioria no corpo docente das universidades, nos prédios de luxo, nas prateleiras de livrarias e nas poltronas de avião. Contudo, os laços que unem o capitalismo ao racismo antinegro estão cada vez mais frouxos" (Azevedo, 2021b, p. 131).

mundo pós-racial. Difícil é, no entanto, discernir entre aquilo que é necessário manter e aquilo que é desejável descartar. O racismo é muito valioso para nós. Para os supremacistas, é a chave do sistema. Para nós, negros e negras, é o código fonte que gerou todo o sistema ao redor do qual nossa vida é involuntariamente devotada. Se amamos do modo que amamos, se sofremos do modo como sofremos, se enlouquecemos do modo como temos enlouquecido, é tudo resultado do racismo. Aos poucos, o racismo foi se tornando o núcleo fundamental de nossa identidade social. Mas o que fazer, afinal? Minha resposta é o oposto daquela que conheci na solidão étnica dos corredores da FFLCH, na USP: precisamos reinventar a fertilidade estética das tentativas negras. Somente a pesquisa, a arte e o engajamento podem reverter o processo de destruição ao qual fomos submetidos. Não podemos trazer para nosso mundo-presente as frustrações do passado-branco, a fim de não levar para o futuro-negro as insuficiências do presente-misoneísta[6].

O movimento negro e a movimentação negra

Embora pareça, às vezes, dadas as imensas diferenças comunicacionais que temos dentro do movimento negro, que não pertencemos ao mesmo barco, trata-se de uma falácia. Verdade é que nenhuma conquista negra já conquistada pelos que nos antecederam deixou algum de nós de fora. Por outro lado, nenhuma privação que o

6 Citei a USP, mas sintam-se igualmente contempladas, PUCRS, UFRGS e Unicamp.

sistema filobranquista tenha compelido a um negro deixou de ser estendida a todos os outros negros.

Desse modo é preciso aceitar que negros, negras e negres, sejam liberais, marxistas ou social-democratas, estão inteiramente à mercê do mesmo oceano selvagem da realidade objetiva. Em um sistema racista, nós nunca seremos considerados tão bons quanto *eles*, simplesmente porque o sistema é feito para a confirmação das profecias filobrancas autorrealizáveis. Embora pareça, a muitos, o modo de produção das mercadorias não é meritocrático. Acreditar nisso faz parte do mito capitalista. De resto, o consumidor não é o centro do sistema capitalista. Trata-se de uma ilusão. "Compro a melhor camisa que existe porque tenho dinheiro para isso. Pouco me importa se o fabricante é italiano, ganês ou alemão." Essa é uma fantasia constante nas pessoas negras, a de que o capitalismo é racialmente neutro, como um campo de disputas no qual aquele que mostrar melhor domínio administrativo sobre as engrenagens da máquina vence.

A validade prática do que defendo aqui vai depender dos objetivos almejados por você. Se suportar a virulência dessas frases e minha irritante necessidade de marcar com ironia cada passo que damos, talvez seja possível comungarmos de um mesmo pensamento, algo teoricamente capaz de estabelecer uma relação significativa entre a tradição marxista e o modo como vivem os indivíduos negros no Brasil de hoje. Se for desse modo, não se preocupe com sua filiação política ou ideológica porque o que digo não faz parte de nenhum programa de convencimento religioso. Meu grande interesse aqui é ampliar a adesão ao movimento anticapitalista, porque isso é o mais urgente no momento. É provável que muitas pessoas se sintam contempladas em vários apontamentos que faço aqui, sem que isso signifique um plano de adesão às ideias marxistas. Isso ocorre porque entramos no mesmo barco. Somos todos anticapitalistas, nossa diferença é que uns desejam construir algo que substitua o capitalismo e outros desejam apenas um melhor controle de suas contradições, mas até o momento da separação de nossos destinos, andaremos juntos. Não há motivos para cisões dentro da grande cisão existente: exploradores e explorados[7].

De toda minha bibliografia, penso que devo salientar – embora esta seja uma obra introdutória e não queira chatear ninguém com recuperações intermináveis – o trabalho de Cedric Robinson. Nascido em 1940 e morto em 2016, ele foi o mais importante nome do campo de estudo das relações entre marxismo e raça. Eu já passava dos trinta anos quando conheci seu *Black Marxism: The Making of the Black Radical Tradition*. Publicado em 1982, esse livro não apenas ainda ocupa o lugar de titã do sistema como também, nele, Robinson defende que a criação da figura do negro demandou esforços intelectuais tão extensos do Ocidente, que essa operação alterou por completo o curso da história do pensamento social. O

7 "Muitas pessoas, ao procurarem realizar uma crítica anticapitalista, se baseiam na denúncia – bem-intencionada, é verdade, mas insuficiente – da natureza ilusória de certas estratégias do sistema de troca do capital. Não é incomum que, ao avaliar o valor de troca de um produto, a criatura imagine a circulação dessa mercadoria nos circuitos que sua própria experiência econômica oferece. Assim, na maioria das vezes que duvida do valor de troca social de uma mercadoria, esse alguém está somente desconhecendo o caráter social das operações econômicas, que têm o poder de encerrar, em si próprias, fantasias que, vividas por muitos, não podem ser negadas. Trata-se, afinal, do fetiche, que nada mais é do que a necessidade que sentimos de emprestar às mercadorias coisas que elas não possuem. Isso ocorre em todos os momentos do consumo. E é um mecanismo que é mais visível nos outros do que em nós próprios" (Azevedo, 2019, p. 58).

objetivo dos escravocratas era criar uma legitimação social do processo de escravização, algo para consumo externo. Todavia, o racismo engoliu o gabarito que permitiria que iniciados compreendessem as razões de seu desenho social. Assim, aquilo que foi construído como uma ferramenta auxiliar do sistema acabou se tornando o epicentro do sistema[8]. Em *Black Marxism,* conceitos como acumulação primitiva são escrutinados à luz da perspectiva negra. E a conclusão a que se chega é que muito do que atribuímos ao estágio pré-capitalista já era parte do período capitalista. O trabalho escravo não é a atividade laboral fora do regimento capitalista, ele é o cerne da condição capitalista. É por isso que temos hoje tantas histórias de trabalhadores em situação análoga à escravidão. Observamos uma chuva de notícias nas quais o valente Ministério Público do Trabalho flagra trabalhadores em condições sub-humanas. Em geral esses indivíduos trabalham para produzir mercadorias para empresas que se fazem ocultas por um imbricado processo de terceirização comercial e jurídica. Quando raramente se

---

[8] Em muitos momentos, Robinson amplia, a partir da discordância com a tradição interpretativa marxista, certos achados de Marx. Como nesta passagem de inegável força: Em muitos momentos, Robinson amplia, a partir da discordância com a tradição interpretativa marxista, certos achados de Marx. Como nessa passagem de inegável força: "Sem dúvida, o trabalho escravo foi uma das bases para a construção daquilo que Marx conceituou como "acumulação primitiva". Seria, no entanto, um erro encampar a tese de que a escravidão é uma mera etapa pré-capitalista da história humana. Isso acabou resultando em uma interpretação torta da natureza dialética da luta de classes. Construiu-se a suposição pretensiosa e equivocada de que a Europa teria produzido sozinha todas as forças motoras que criaram e que impulsionaram o sistema capitalista. Trata-se de uma entidade histórica puramente fictícia. Ora, desde sua fundação, o capitalismo jamais foi – assim como a própria Europa – um sistema fechado" (Robinson, Cedric. *Black Marxism.* Chapel Hill: University of North Carolina Press, 2006, p.65). (Tradução nossa)

consegue descobrir a mando de quem essas empresas atuam, poucos são os consumidores que se sensibilizam ou que cobram ações das marcas que provocaram a exploração. Os trabalhadores tendem a assistir às explorações alheias com certa passividade, como, aliás, Marx havia comentado em relação ao comportamento dos trabalhadores brancos e sua conivência com o regime escravocrata estadunidense.

Quantos comunistas negros são necessários para trocar a lâmpada queimada do marxismo branco?

Em 1998, um inacreditável Mikhail Gorbatchov surgiu em um comercial da Pizza Hut. Nele, dois homens discutem de forma áspera sobre os rumos da Rússia no pós-socialismo. Ao fim, são advertidos por uma mulher que declara que, independentemente de prós e contras, o novo sistema trouxe a Pizza Hut, algo que todos reconhecem como positivo. A imagem de uma pizzaria como grande denominador comum das diferenças é uma das piadas mais engraçadas que o capitalismo já produziu. O vídeo, concebido como parte de um grande plano de financiamento para a criação do *Think Tank* de Gorbatchov, talvez diga hoje bem mais do que à época em que foi produzido. Os artefatos culturais têm esse poder. Eles guardam sentidos cuja liberação se assemelha ao de uma bomba de efeito retardado. Evidentemente no vídeo não vemos o líder político russo, e sim a figura totem do antimarxismo midiático. No momento em que escrevo este livro, Gorbatchov, o último presidente da União Soviética, está morto. Para além da empatia humanitária que a morte de uma pessoa – de qualquer pessoa – suscita em mim, seu falecimento proporcionou uma oportunidade de perceber o sempre bizarro desfile de propaganda ideológica disfarçado de obituário. Uns saíram em defesa da biografia do político, tomando-o como um intransigente defensor das liberdades individuais; outros insistiam na tese de que o ex-líder não passava de um traidor da Revolução. Como não sou russo, não sou eu quem deve fazer o julgamento das transformações históricas ocorridas naquele país. Considero as defesas ao referido regime, quando feitas de alguém que desconhece as condições objetivas de sua implantação, uma intromissão indevida. Por outro lado, tampouco simpatizo com o que parece ser uma desesperada operação de entronização de uma experiência fracassada de socialismo. Seja em Havana, seja em Moscou, o esgotamento de um modelo político traz muita dor e muito aprendizado para o mundo inteiro, mas a avaliação de sua efetividade pertence àqueles que a viveram na carne e no sangue fluido do cotidiano. Trago esse acontecimento para dentro destas páginas porque depois da queda do muro de Berlim, toda vez que alguém resolve propor uma interpretação bibliográfica do marxismo se levantam as vozes alegando o suposto anacronismo da teoria marxista. Quando o assunto é especificamente as relações entre a condição negra nas sociedades capitalistas e o marxismo, as acusações adquirem truculência ainda maior. Na comunidade negra o antimarxismo repousa na ideia de que a pessoa física Karl Marx era racista. Até mesmo a histórica declaração de Sueli Carneiro, "entre esquerda e direita eu continuo preta", foi tomada por uma espécie de libelo nem-nem, segundo o qual os negros não deveriam se deixar influenciar por ideologias que não seriam nossas. Fazendo de nós extraterrestres em nosso próprio planeta. O que Carneiro nos traz em nada tem a ver com revanchismo. Trata-se da necessidade de compreender que não se pode se esconder sob o manto da esquerda nem da direita, porque o racismo sobrevive a ambos. Em 1920, Lênin atacava parte da esquerda. É necessário, às vezes, fazer enfrentamentos antipáticos porque nem sempre é possível apontar os erros na condução da política dos partidos e das agremiações sem causar desconforto aos dirigentes. Isso ocorre porque os dirigentes dos partidos, via de regra, pertencem também a elites – simbólicas, culturais ou mesmo econômicas – e não conseguem escapar à tentação de garantir primeiro a manutenção de seus privilégios e somente depois, caso possível, os direitos da maioria.

Há sempre muita festa nos dormitórios brancos, sejam eles habitados por progressistas ou não, quando presenciam o amordaçamento dos Toussaints contemporâneos. Porém, a euforia tem a duração de um dia. Logo retomam a espiral da paranoia e lembram que quem sobreviveu à revolução de Toussaint não sobreviverá a de Dessalines. Concentram-se então no processo de impedimento da viabilização político-social de todo negro ou negra que pareça intelectualmente promissor. Quando não podem eliminá-lo, tentam cooptá-lo para seus propósitos. Bem, os benefícios de ser um negro ideologicamente adotado pelos brancos são enormes, mas na dinâmica da evolução dos processos históricos já não se restringem às questões financeiras. Também os opressores aprendem a oprimir melhor à medida que os oprimidos se mostram capazes de se libertar de antigas opressões. Esse movimento é chamado por eles, de forma cínica, como "fluxo natural da vida".

O que temem, afinal, os herdeiros dos donos de escravos de hoje? Certamente, não se veem mais como eventuais alvos da ira negra, uma vez que a violência urbana incluiu todos nós no hall de vítimas potenciais. Também não temem a barbárie. Temem o oposto. Temem que comece, enquanto eles ainda vivem, o período em que as opressões mudem de lado. Seguindo a sua própria lógica do "fluxo de vida", temem que os negros, uma vez no poder, imponham aos brancos a mesma sorte de sofrimentos, por isso sempre que têm oportunidade falam em Nelson Mandela e em sua "lição de humildade". Uma espécie de recado para os que, porventura, conseguem acessar o poder. Enquanto isso, negociam no capitalismo poderes específicos, como uma ilha agredida negocia: oferecendo favores, bens, terras e seus cativos. Os cativos oferecidos aos negros que chegam ao poder têm cores variadas e atendem pelo nome de colaboradores. O objetivo é tornar os negros menos suscetíveis a qualquer processo de transformação coletiva, introjetando neles a mesma decepção que agora os brancos de esquerda parecem ter.

Agora os negros que ascendem socialmente não se furtam a usar as leituras emancipatórias como argumentos de suas trajetórias. E colecionam falas de alerta aos outros negros. E falam do risco de morte. E falam das perseguições sofridas. E transformam em narrativa pública aquilo que é mero fruto de uma decisão burocrática administrativa, tomada em reuniões administrativas tão socialmente representativas quanto uma peça de publicidade. Quando algo lhes é negado, alegam que o foi por serem negros. Quando alcançam um objetivo ou efeméride, credenciam parte do mérito à ancestralidade, porque ancestrais não podem, afinal, subir ao palco com eles. Nenhuma conversa ao pé do ouvido os trará de volta. Se forem arrancados de onde estão, veremos nascer um tipo assustador de fascista ressentido. Se permanecerem em seus postos, se verão compelidos a espalhar a receita de suas vidas, como se o próprio sucesso fosse fruto de seus esforços. Eles não se veem como parte de uma classe porque estão em trânsito. Admitem que nasceram na base inferior da pirâmide social, mas se veem como negros que se movimentam em direção a outro espaço, que eles chamam de "topo". Suspeito que quando o reverendo Martin Luther King, às vésperas de ser assassinado, em 1968, anunciou que chegaríamos, como povo, ao "topo da montanha", não era exatamente isso que ele tinha em mente.

Os liberais não são meus inimigos o tempo inteiro. Quando o assunto é liberdade individual, devemos marchar lado a lado com os liberais. Se um prédio está em chamas, devemos aceitar a ajuda dos bombeiros, ainda que tenham votado em Donald Trump, Jair Bolsonaro ou quaisquer que sejam os nomes odiosos do tempo em que você lê este livro.

No dia 2 de julho de 2021, o então governador do Rio Grande do Sul, Eduardo Leite, declarou, em entrevista ao jornalista Pedro Bial:

> Nesse Brasil, com pouca integridade nesse momento, a gente precisa debater o que se é, para que se fique claro e não se tenha nada a esconder. Eu sou gay, eu sou gay. E sou um governador gay, não sou um gay governador, tanto quanto Obama nos Estados Unidos não foi um negro presidente, foi um presidente negro. E tenho orgulho disso. Não trouxe esse assunto, mas nunca neguei ser quem eu sou. Nunca criei um personagem, eu não tentei fazer as

> pessoas acreditarem em algo diferente. E tenho orgulho justamente dessa integridade[9].

Na ocasião fiz uma postagem em minhas redes sociais, imediatamente rechaçada por muitos pares marxistas. Eles alegavam que a estratégia de Leite não passava de uma artimanha para aumentar sua visibilidade e propiciar que ele se lançasse candidato à presidência do Brasil. Difícil imaginar porque, em um país homofóbico como o nosso, desejaria se colocar como alvo de ataques rasteiros, mas, quando certos interesses de classe entram em jogo – e sem dúvida a heterossexualidade compulsória presumida é um deles –, muitos preferem abandonar seu prato com a porção diária de lógica. Leite é um liberal branco. Eu sou marxista negro. Estamos, evidentemente, em campos opostos na batalha política. Isso não me autoriza a render o juízo em nome das disputas internas, porque marchar lado a lado com a intolerância e o machismo não constrói a revolução socialista. Não são as condições circunstanciais que devem guiar nossas condutas políticas, é o domínio das razões históricas o que deve guiar nossa conduta política.

Tenho observado o crescimento do liberalismo entre os jovens negros. Há uma geração inteira convencida de que o caminho para a superação das tensões raciais está na emancipação financeira. Não os culpo. Nem os condeno. É preciso reconhecer que aquilo que temos para oferecer aos indivíduos sem perspectiva soa muito como uma promessa messiânica. Em certo momento

---

9 Declaração disponível em: https://oglobo.globo.com/politica/eu-sou-gay-governador-do-rs-eduardo-leite-recebe-apoio-de-politicos-nas-redes-apos-assumir-orientacao-sexual-1-25086324. Acesso em: 1/9/2022.

da exploração humana, o coração das pessoas passa a falar apenas uma linguagem: a do rancor. E respeita somente uma matemática: a da vantagem. Nenhum livro ou vontade política de quem quer que seja pode mudar esse quadro da noite para o dia. É preciso um longo processo de luta para que se possa trazer novamente à vida o cérebro sonolento de um trabalhador esmagado por uma rotina intelectualmente miserável ou uma trabalhadora humilhada pela certeza de que jamais se tornará aquilo que tanto precisaria ser para não repetir com os filhos a vida de suas mães. O que nos separa? Para aqueles que querem a substituição dos oprimidos, o capitalismo não é necessariamente um inimigo. O inimigo seria o capitalismo que aí está, este que temos. Sonha-se com outro, mais justo, mais equânime. É por isso que há inúmeras instituições que financiam projetos de redução de desigualdade. É por isso que tantos *rappers* recebem financiamento de bancos. O que financiam é sua produção de mercadorias, comercializadas sob a embalagem de artefato artístico. Bem embrulhadas, elas nem parecem lembrar aquilo que de fato são: mercadorias. A música negra *mainstream* tornou-se a trilha sonora de nosso sofrimento. Se o *Titanic* tinha seus músicos, o navio negreiro pós-moderno tem cantores de *hip-hop* para nos distrair enquanto o capital seleciona quem deve viver e como.

Nenhuma dessas pessoas é, contudo, minha inimiga. São todas companheiras embriagadas pelo canto dos cifrões. Para libertá-las é necessário tornar obsoleto o sistema de recompensas que dá significado a suas benesses.

Quem mais precisa hoje do afromarxismo não são apenas os negros, mas todos aqueles, independentemente da cor, que assistem, dia após dia, às suas sólidas convicções de outros tempos derreterem no ar. A lâmpada do marxismo branco brasileiro precisa ser trocada. Ela está há tanto tempo apagada que já nem somos capazes de lembrar de seu impressionante poder de iluminação.

Uma invisibilidade performática: pedagogia estética e materialismo literário em bell hooks

Um dos piores efeitos que a morte pode ter sobre a recepção da obra de uma pesquisadora talvez seja a tendência de uma encenação de acerto de contas com tudo aquilo que a pesquisadora, em vida, supostamente deveria ter alcançado. Assim, acumulam-se os lamentos em torno de eventuais prêmios e distinções que não foram dadas por conta dos contextos políticos e dos supostos conchavos de aqui e de acolá (embora nunca se expliquem exatamente quais contextos são esses e quem está por trás dos conchavos). Acusa-se genericamente o estado das coisas, até que tudo resulte no diagnóstico inócuo de que a cultura – essa entidade – é a grande responsável pelas injustiças históricas que a luta de classes produz. Como consequência lógica desse raciocínio, o apagamento das figuras intelectuais negras seria mais um capítulo do racismo (agora acrescido exaustivamente pelo adjetivo *estrutural*) – a ser debitado *especificamente* do campo da cultura, uma vez que o campo sociopolítico foi dela dissociado e, por isso, caberia a nós desfazer com memória e generosidade o que a realidade objetiva impõe. A teoria seria, assim, uma espécie de produção ficcional sobre aquilo que nos cerca, cujo objetivo não é transformar o mundo, mas embelezá-lo, tornando mais poética nossa experiência na Terra[10].

A obra da afro-indígena Gloria Jean Watkins (que assinava sua produção sob o pseudônimo de bell hooks) infelizmente atravessa esse calvário nesse momento. O objetivo deste artigo é transportá-la para perto de uma das margens do rio, a margem esquerda. A tentativa de apagar sua origem marxista tem mais a ver com as limitações da circulação da teoria materialista na comunidade negra do que com qualquer crítica real e digna de nota dela em relação ao marxismo ocidental. Seu pensamento, embora nunca tenha reivindicado qualquer filiação, fazia parte do mesmo campo semântico do de Cornel West, Cedric Robinson e Angela Davis. Portanto, a concepção de que sua obra teria sido construída em paralelo às elaborações epistemológicas circulantes em seu tempo não passa de engodo. A preocupação científica de

---

10 Causa espécie notar que, na última década, no léxico dos acadêmicos progressistas não marxistas, poesia tornou-se sinônimo de beleza. Fato é que, para aqueles que não têm um conceito formado de literatura, qualquer coisa pode tomar o aspecto de literário, ocupando seu lugar e operando em seu nome. Certa vez, presenciei uma despretensiosa conversa entre uma docente da área das Letras e um romancista contemporâneo. Ela afirmava, em tom religioso: "a última coisa que eu quero é dizer coisas dos livros de vocês com as quais vocês não concordem. Seria uma violência." E acrescentou, gravíssima: "Não estou aqui para isso." Para além do efeito de anedota, o episódio serve tanto para ilustrar a falta de consciência crítica que alguns de nós têm sobre sua atividade de teórico quanto para confirmar a existência de uma melancólica relação de subserviência dos teóricos aos objetos ou, pior, bem pior, da academia àqueles que a detestam.

hooks era com uma epistemologia que não fugisse à estrutura que lhe deu origem, uma teoria que fosse capaz de criticar as estruturas que a construíram, fazendo a autonomia do juízo crítico.

O diagnóstico que bell hooks ofereceu não foi inédito no método, mas sim no alvo: deslocar o olhar crítico justamente para o levantamento das responsabilidades – e, portanto, das potências – da própria comunidade negra, de modo a desabilitar as fantasias de que outros grupos devessem oferecer por empatia, culpa ou delicadeza, os espaços de poder, agência e controle que nós precisamos alcançar. Não seria no processo de negociação, defendia ela, que a libertação seria conquistada, e sim na destruição dos elementos que sustentam qualquer reinado: a legitimidade supostamente ancestral de sua existência. No caso da experiência negra, as opressões do racismo lançaram suas raízes sobre as ancestralidades negras, até que a própria investigação do passado africano passasse a se confundir com o flagrante sistemático das mesmas condições de subalternidade negra no presente. Isso provoca a sensação de que aquilo que é material e específico se torna abstrato e universal. Carências econômicas, insuficiências financeiras e impedimentos legais se tornam angústias, ansiedades e limitações morais. E a reivindicação que poderia surgir a partir da comparação dos privilégios de um grupo é facilmente convertida em insatisfação ordinária, comum a qualquer vida humana. Do ponto de vista prático, nada muda. Do ponto de vista simbólico, os oprimidos passam a se sentir parecidos com os opressores. E, por se sentirem parecidos com eles, já não conseguem reclamar suas dívidas.

Apenas um processo profundo de resgate da identidade negra – e dos elementos que a definem – poderia alterar esse quadro. Se há algo de insuficiente na luta negra, esse demérito tem que ser procurado no seio da comunidade negra e não fora dele. Afinal, não faria sentido elencar os motivos da derrota de uma guerra no coração do exército inimigo que nos venceu[11]. Por isso, o pensamento de bell hooks deve ser compreendido na esteira de uma concepção de crítica combativa, como foi, aliás, toda sua trajetória intelectual. Desde a grafia de seu nome, em minúsculas, algo que por natureza desestabiliza a forma gráfica ideal e torna o jogo da citação bastante desconfortável, até mesmo os temas que percorreu – a saber: racismo, engajamento, representatividade, saberes pedagógicos populares, feminismo negro –, toda sua obra resulta em uma catedral epistemológica imponente e assustadora. Contudo, a despeito do muito do que foi dito a respeito de sua obra no Brasil, hooks jamais pretendeu reinventar as estruturas que a cercavam, mas destruí-las, dentro de uma lógica radical materialista bastante fácil de identificar: o da transformação da realidade e não apenas do inventário de seus elementos[12].

---

11 "Se compararmos o progresso relativo dos afro-americanos na educação e no emprego à luta para garantir algum controle sobre a forma como somos representados, especialmente na mídia de massa, vemos que houve poucas mudanças nos domínios da representação Ao abrir uma revista ou um livro, ligar a TV, assistir a um filme ou olhar fotografias em espaços públicos, é muito provável que vejamos imagens de pessoas negras que reforçam e reinstituem a supremacia branca. Essas imagens podem ser construídas por pessoas brancas que não se despiram do racismo ou por pessoas não-brancas ou negras que vejam o mundo pelas lentes da supremacia branca – o racismo internalizado. É claro, aqueles entre nós comprometidos com a luta da libertação dos negros, com a liberdade e a autonomia de todas as pessoas negras, precisam encarar todos os dias a realidade trágica de que, coletivamente, realizamos poucas revoluções em termos de representação racial – se é que fizemos alguma (hooks, 2019, p. 32).

12 Gostaria que houvesse uma citação menos óbvia do que esta que vou lançar agora, mas se há, desconheço: "Os filósofos têm apenas interpretado o

No campo da produção literária, essas intenções teóricas podem fornecer importantes caminhos para a compreensão do texto de autores e de autoras afrodescendentes. É possível ver em Alice Walker e Colson Whitehead, por exemplo, que alguns elementos apontados por hooks reverberam como prova do caráter investigativo-pedagógico da literatura negra. Há um retorno (ora celebrativo, ora fantasmagórico) das pulsões que transformaram o imaginário negro em um repositório de tensões históricas e simbologias de guerra[13]. De toda sorte, tanto nos romancistas citados quanto em hooks, a tensão entre responsabilidades do indivíduo e os presumíveis poderes da coletividade negra molda uma literatura com potencial educador, sem que isso signifique, no entanto, uma instrumentalização pedagogizante do objeto literário.

A produção artística negra deve, para hooks, não apenas representar o novo, mas ser *interpretada* a partir de novas perspectivas intelectuais. Não bastaria apenas pensar a arte em elementos aprisionados pela ideologia dominante. Seria preciso, ainda segundo ela, refundar as bases da resistência crítica, de modo a criar uma linguagem específica através da qual a crítica negra seja capaz de produzir efeitos positivos práticos aos negros, e não apenas ao sistema. Do modo como se apresentam, as produções culturais dos negros no capitalismo tardio respondem não aos anseios da coletividade negra, mas aos anseios de ascensão social de uma parte específica da comunidade

---

mundo de maneiras diferentes; a questão, porém, é transformá-lo" (Marx, 2014, p. 585).

13 "We are the ones we have been waiting for" [Nós somos aqueles por quem temos esperado, tradução minha] é um lema da comunidade afro-americana, utilizado exaustivamente na primeira campanha presidencial de Barack Obama, em 2008.

negra. Do modo como é vislumbrada hoje, a superação do racismo aparece apenas como um elemento adornante na construção da narrativa do herói no mundo do Capital[14]. Essa suposta trajetória de desdobramento futuro, algo que povoa grande parte do imaginário coletivo negro, encontra eco na promessa mal-intencionada que dissolve o elo socialmente visível entre a carência-dos-que-nada-têm e o acúmulo-excessivo-dos-que-tudo-parecem-possuir.

Dessa forma, certos indivíduos negros acreditam que a vida econômica é uma espécie de pista de corrida que, a depender da velocidade com que a conseguimos enfrentar, reserva ao final um banquete de alívios e recompensas diretamente proporcional à nossa ordem de chegada. Tudo aquilo que não foi possível ser alcançado em vida se estende a uma função de inspiração, na qual a figura da autora é fornecida como prova de um sacrifício. A todo momento deve-se invocá-la, não mais como forma de inspiração dos santos e da escatologia, mas agora como objeto cultural de chantagem, através do qual se pode obter, na extorsão nossa de cada dia, vantagens para si, ironicamente as vantagens que a própria autora negou para ela. É exatamente isso que os indivíduos querem dizer quando se apresentam como herdeiros desse ou daquele autor ou dessa ou daquela autora. Não são adeptos de uma teoria ou fiéis a uma linha de pensamento, e sim credores daquilo que ainda não pode ser usufruído por quem de fato reuniria a legitimidade estético-antropológica para reivindicar posse.

> Embora Angela Davis seja um ícone cultural popular, a maioria das mulheres negras é "punida" e

---

14 Sobre o tema, ver Moretti (2014).

> "sofre" quando faz escolhas contrárias às ideias que prevalecem na sociedade a respeito do que as mulheres negras deveriam ser ou fazer. A maioria das mulheres negras radicais não foi pega pelo consumismo capitalista. Viver com simplicidade é o preço que a pessoa paga por fazer uma escolha diferente. Não foi por acaso que Zora Neale Hurston morreu pobre. Sujeitas negras radicais tiveram que se educar para a consciência crítica, lendo, estudando e se envolvendo com pedagogia crítica, ultrapassando as fronteiras para obter conhecimento que precisamos. As raras mulheres negras radicais que começaram organizações e grupos estão tentando construir uma base coletiva que apoiará e tornará seu trabalho possível. Muitas dessas mulheres criam espaços de resistência que são o mais distante possível de instituições conservadoras, com o objetivo de sustentar seus compromissos radicais. Aquelas de nós que permanecem em instituições que não apoiam os nossos esforços de ser sujeitas radicais são atacadas diariamente. Nós perseveramos porque acreditamos que nossa presença é necessária, é importante (hooks, 2019, p. 122).

Esse fragmento sugere haver uma relação de punição, recompensa ou compensação entre desempenho econômico e comportamento cultural. O capitalismo aparece em hooks como um *mastermind* que liga e desliga as comportas do incentivo e da repressão conforme convém a sua máquina de edificar e destruir reputações. Enquanto muitos autores preferem realizar a manutenção do delírio de que há duas instâncias em separado – a ciência e os costumes, o cientista e sua condição social –, hooks sustenta a necessidade do entendimento de que as situações operam em organicidade. Não seria o objeto e o observador, mas objeto-observado-pelo-observador. O papel de uma teoria crítica seria, portanto, escapar das forças que hoje parasitam seus potenciais analíticos, através da reprodução controlada de seus métodos e de uma passividade política disfarçada de cinismo intelectual.

Grosso modo, sua autoimposta missão é a de construir uma estrutura epistemológica que não seja um mero fruto da vontade de revide da violência simbólica perpetrada pelas classes dominantes às dominadas. Poucas coisas são mais simpáticas às elites do que os espetáculos de fúria cega, de negação indiscriminada que servem como espetáculos performativos de que há uma razão para os instrumentos de repressão – sejam eles de ordem francamente abstrata ou brutalmente legal – existirem na forma como existem. Nesse sentido, a obra de bell hooks é uma proposta de reação, de libertação, de emancipação real, profunda e dolorosa, como são, aliás, as verdadeiras revoluções, que em um dia qualquer migram da angústia irritada das massas e alcançam a verdade instigante da vida.

Nas últimas décadas, com o desenvolvimento de novas interpretações sobre a questão racial no Brasil e no mundo (racismo estrutural, afropessimismo...), disseminou-se a ideia de que o papel da crítica seria o de empoderar as minorias com ferramentas de atuação que lhes possibilitem progredir dentro de sua própria luta individual. Depois do incentivo dos engajamentos, dos movimentos por direitos civis na década de 50, por liberdades comportamentais que desaguaram no maio de 68, parece ter existido uma frustração e a estratégia adotada foi uma espécie de casamento entre os ideais de conscientização e o individualismo declarado do neoliberalismo. Por isso, grande parte dos movimentos tende a acenar com aceitação – quando não entusiasmo – para as máquinas do funcionamento capitalista[15]. Como se fosse o capitalismo uma barreira intransponível dentro da qual o sujeito negro devesse aprender a se locomover, sem jamais contestar de forma consequente sólida e organizada (contestar *en passant* é permitido) o sistema econômico proposto.

Há uma chuva torrencial de iniciativas negras empreendedoras, onde a identidade não é apenas o combustível publicitário desses negócios, mas especificamente o produto que comercializam. *Rappers*, *influencers*, autores, autoras, ativistas culturais e líderes comunitários trabalham hoje na tarefa de encontrar um modo de ascensão social para a massa negra, convencidos que estão de que é mais profícuo estimular Jonas a instalar um *home theater* dentro da barriga da baleia do que auxiliá-lo a escapar de dentro dela. Sem dúvida, as demandas materiais urgentes são o argumento sustentador desse comportamento. Por isso, as mulheres negras – na maioria o epicentro de todo o processo social das comunidades negras

15 Oportuno lembrar a célebre piada de Chris Rock sobre a profusão de dentistas brancos em seu condomínio de luxo, fato que contrasta com a invisível exigência de excelência técnica para que negros alcancem a mesma qualidade de vida material. Ora, para que um indivíduo negro seja digno de alcançar uma remuneração vultosa, ele precisa ser capaz de algo extraordinário. Ele não poderia simplesmente ser dentista. Ele teria que, nas palavras do humorista, "ter inventado os dentes". De toda sorte, isso nada tem a ver com performance, desempenho, extensão de mérito, e sim com utilidade. O sistema econômico não precisa de um dentista negro. E se não precisa, ele não deseja seu aparecimento. O sistema econômico precisa, isso sim, de alguém que seja capaz de inventar os dentes. E é somente assim que os indivíduos negros podem ter algum valor social. Nesse fragmento Chris Rock capta a essência racialista do sistema, no qual, a depender da dinâmica natural do sistema, oprimidos continuarão oprimidos e opressores continuarão opressores. Para uma acusação mais extensa e qualificada, ver Piketty, 2021.

– acabam se tornando alvo de interesse teórico para bell hooks. É razoável que se acredite que o fato de ela mesmo ter sido uma mulher negra determinou que seu objeto de interesse fosse esse. E no fascínio do narcisismo acadêmico – onde jovens negros aceitam estudar somente autores negros que lhes digam somente coisas feitas sob medida para eles – se formou, como tártaro, a falácia de que hooks praticava a escrita de si, quando, na realidade prática falava daquilo que conhecia cientificamente, não por ser uma mulher negra, essencialismo rejeitado tantas vezes por ela, mas por ter vivido como uma mulher negra americana por toda a sua vida. Falava do que conhecia não porque isso dava a ela algum prazer, mas porque sua contribuição como pesquisadora só seria completa se seu objeto fosse inteiramente dissecável:

> Desenvolver uma consciência feminista é parte crucial do processo pelo qual se desenvolve uma subjetividade negra radical. Declare-se ou não como feminista, não há sujeita negra radical que não tenha sido obrigada a confrontar e desafiar o machismo. Se, no entanto, essa luta individual não estiver conectada a um movimento feminista ainda maior, então toda mulher negra se vê reinventando estratégias para resistir, quando deveríamos deixar um legado de resistência feminista capaz de nutrir, sustentar e guiar outras mulheres e homens negros. Aquelas mulheres negras que corajosamente defendem o feminismo frequentemente carregam o fardo de críticas severas vindas de outras pessoas negras. Como sujeita radical, a jovem Michel Wallace escreveu um dos primeiros livros polêmicos sobre feminismo centrado em pessoas negras.

> Ela não se tornou um ícone cultural; em muitos aspectos, ela se tornou uma pária (hooks, 2019, p. 122).

Há, aí, portanto, uma teoria materialista negra em formação, cujos traços seminais serão justamente os embates entre as promessas de emancipação feitas pelo Capital e as estratégias de aniquilação de reputação motivadas por esse mesmo Capital quando defrontado com aqueles que já se emanciparam. Aprofundando seu método, hooks investe contra a premissa de que existiria um conteúdo cujo teor trabalhe necessariamente em favor da comunidade negra.

> A ideia de que a crítica cultural feita por pessoas negras deve se ater à questão da representação positiva ou negativa ou funcionar de uma maneira conveniente (isto é: ao falar da obra de uma pessoa negra, devemos dizer algo positivo ou correr o risco de sermos "silenciados") deve ser continuamente desafiada. Recentemente um amigo cineasta me ligou para dizer que tinha visto várias antologias de escrita de mulheres negras sobre feminismo, e mesmo as editadas por mulheres negras não incluíam o meu trabalho. Ele não conseguia entender como meu trabalho poderia ser excluído de livros que se diziam críticos. Respondi dizendo que muitas vezes as pessoas não gostam do que digo ou do meu estilo de apresentação de ideias, e deixam isso claro ao ignorar meu trabalho (hooks, 2019, p. 43).

Ilusão muito cara à comunidade negra, a arte como fortalecimento da autoestima traz em seu bojo uma potência autocorrosiva que aproxima o artefato artístico da categoria publicitária e, não por acaso, toma de empréstimo suas estratégias, seus expedientes e, assim, sua fragilidade temporal. A função da publicidade é vincular como atravessamento, em um movimento que lembra, em performance, um cavalo de troia. Ainda que muito se tenha avançado nas teorias da comunicação e que hoje não seja mais possível acreditar em uma mensagem que encontre seu alvo de forma passiva e inequívoca, permanece a evidência de que a arte precisa preservar sua ambiguidade discursiva, enquanto a publicidade precisa extirpá-la no limite de seu funcionamento. No caso da literatura, por exemplo, a estratégia de circulação das obras de autoria negra não obedece a qualquer presunção de estabelecimento de debate sobre sua qualidade (debate esse já considerado, de saída, burguês, embora as figuras que o começam rejeitem qualquer referência aos termos da tradição marxista, porque rejeitam, por óbvio, o próprio marxismo). Ele agora se localiza na necessidade – por isso também a profusão de elogios a uma obra, com o adjetivo necessário, a um desejo de reconhecimento infantilizado, como de um ser humano adulto que, em posse do descobrimento de que era belo, deseja obter agora um número de elogios suficientes ao vazio de elogios dos anos anteriores, em uma espécie de síndrome de São Bernardo[16].

> Certamente, o fato de que muitos escritos críticos e criativos de autores negros tenham origem no âmbito acadêmico traz em si um perigo, visto que a universidade é basicamente uma estrutura politicamente conservadora que muitas vezes inibe o desenvolvimento de perspectivas diversas, novas ideias e estilos

---

16 RAMOS, Graciliano. *São Bernardo*. Rio de Janeiro: Record, 2019.

> diferentes de pensamento e escrita. Às vezes, pessoas negras que conquistaram poder na academia assumem o papel de polícia secreta, vigiando ideias e trabalhos para garantir que nada que contradiga o status quo seja dito. Ao ensinar e escrever sobre a obra de escritoras negras muitas vezes me deparo com uma resistência significativa por parte dos alunos e dos colegas quando sugiro que devemos fazer mais do que avaliar positivamente esses trabalhos, e que abordá-los de forma crítica, com rigor, demonstra mais respeito do que aceitá-los passivamente. Quando peço aos alunos que reflitam criticamente sobre o maquinário da produção cultural (o modo como uma obra é divulgada, comentada, disseminada etc...) – visto que ele afeta o foco dado atualmente às escritoras negras, conectando esses processos à comoditização da negritude –, eles muitas vezes ficam incomodados. Os alunos tendem a considerar o foco dado às escritoras negras apenas em termos positivos. Acham difícil considerar a possibilidade de que uma obra não tenha obrigatoriamente um caráter opositivo, e de que ela não necessariamente ofereça uma perspectiva não racista ou não machista, porque foi criada por uma pessoa negra. Esse desejo de simplificar a reação crítica de alguém, de fazê-la caber em um modelo que se resuma a bom e ruim, aprovado e reprovado, é uma abordagem de formas de conhecimento que uma pedagogia emancipadora procura modificar (hooks, 2019, p. 43).

A síndrome de São Bernardo se caracteriza por um desejo renitente de reproduzir as condições de agência do algoz, uma vez que este não pode mais ocupar essa função. O explorado, em posse de condições objetivas que agora tornam possível uma inversão social de papéis, passa a fruir a experiência anterior de humilhação e de submissão. O indivíduo desenvolve uma relação de cultivo e adulação a seu próprio passado, porque este representaria para ele o elemento comprovador de sua trajetória vitoriosa[17]. Na última década, grande parte da minha disposição para a crítica tem encontrado especial resistência arrefecedora em um movimento que visa acertadamente equalizar a quantidade de intenção inquisitória em trabalhos que abordem obras literárias[18]. Contudo, tem sido particularmente difícil afastar a suspeita de que o processo de elaboração acadêmica de legitimação dos olhares, o traslado que pode conduzir um *insight* espirituoso à categoria de hipótese científica e daí para uma tese ou tratado é pavimentado com as legitimações *ad hominem*, cuja principal estratégia de combate tem sido, ironicamente, o revide na mesma moeda. Assim, bell

---

17 Trata-se, contudo, de "uma liberdade que ainda permanece no interior da escravidão" (Hegel, 2001, p. 134).

18 "Vivemos um momento em que a sociologia do gosto emerge como a tendência predominante. Lembre-se da primeira vez que você ouviu um comentário casual sobre 'capital cultural' numa festa, tendo possivelmente a ver com a busca frustrada de alguém querendo adquirir tal 'capital'. Ou de quando ouviu pela primeira vez alguém elogiar 'a subversão do dominante no campo cultural', ou usar as palavras 'estratégia', 'negociação', 'tomada de posição no campo' ou 'alavancagem' numa discussão sobre a carreira de um 'produtor cultural' muito admirado (porque eram sempre carreiras e nunca obras particulares sendo discutidas). Você até poderia pensar: são banqueiros de Wall Street falando sobre fusões e aquisições – mas não, eram estudantes de literatura! Até que apareceram aqueles infográficos nas últimas páginas da revista *New Yorker*, guias semanais da ascensão e queda dos gostos derivados diretamente dos mapas do campo de poder de Bourdieu. Quase nada segue tão inconteste hoje quanto a ideia de que a arte expressa sobretudo hierarquias de classe e de status – e apenas de modo secundário, lampejos de valor estético" (Moreschi, 2014, p. 8).

hooks aparece como um nome relevante para além do que se costuma dela afirmar (a saber: sobre certo valor que teriam seus escritos para a área da educação e para a crítica da metodologia científica no campo das ciências humanas), mas também para a edificação de um projeto que pretenda ajustar a teoria literária às altas demandas de um mundo contemporâneo que aprendeu a neutralizar as críticas das quais é alvo. Essa operação tem mais a ver com o processo de erosão da literariedade nas obras contemporâneas do que propriamente com o campo da Teoria Literária em si. Isso não significa dizer, todavia, que as décadas de reflexão sobre o que foi produzido não legaram seus efeitos. É necessário reconhecer que muito do que se atribui ao desenvolvimento natural das literaturas consideradas marginais é resultado de um conjunto de pressões sociais, políticas e culturais ao qual nenhum pesquisador e nenhuma pesquisadora esteve imune.

Das potências dialéticas

O fato de as produções de autoria negra serem tomadas como manifestações de identidades específicas - em contraste com identidades supostamente universais - não parece concernir aos autores negros e às autoras negras, quando o assunto é processo criativo. Todavia, curiosamente essa discussão passa a ter validade para autores e autoras negros quando percebem que pode haver repercussões comerciais eventualmente positivas pela publicização de uma ou outra perspectiva política. Esses efeitos demostram que as estratégias de circulação das obras, de cunho estritamente comercial, já tomaram toda a extensão do campo estético e determinam agora não apenas o formato e o regime da exposição das obras, como também a independência intelectual dos autores e das autoras. Um dos efeitos disso é uma invisibilização do processo de criação literária negra, em nome de uma alienação artística que faz parecer que o objeto artístico nasce junto com o artista negro. Assim, mostra-se uma falsificação da materialidade. O meio se apresenta como criador da obra. E os artistas são recompensados somente como forma de incentivar seu comportamento social de auxílio ao controle da circulação das obras que produziram, em um modelo que propõe colocar quem faz arte como responsável pelo controle de seus efeitos sociais. Essa domesticação dos poderes da arte tem a ver com uma disposição para a construção de uma invisibilidade artística, um gesto representativo de motivação política e de interesse social. Ralph Ellison, em *Homem Invisível*, define essa existência como sendo fruto de um teatro social do cotidiano, no qual os indivíduos negros precisam representar quem são não sendo aquilo que, de fato, são. No limite, acabam por não discernir mais aquilo que é simulação daquilo que é autêntico[19]. O resultado disso é uma invisibilidade performática, um conjunto de gestos negros destinados a produzir uma autoinvisibilização,

---

19 A autora aponta, ainda, um problema adicional, que é o da tentativa de interdição de reconhecimento de certas trajetórias biográficas. Em certo sentido, há um cerceamento da experiência negra, uma espécie de tentativa de controle social que visa a fazer crer que ser negro é uma espécie de selo que se pode perder a depender do comportamento: "Minha história foi reduzida a uma narrativa concorrente, percebida como uma tentativa de desviar a atenção do 'verdadeiro' relato da experiência da mulher negra. Nesse encontro, a identidade da mulher negra foi tratada várias e várias vezes como um sinônimo de 'vitimização'. A voz da mulher negra que era considerada 'autêntica' era a voz da dor; somente o som da mágoa poderia ser ouvido. Nenhuma narrativa de resistência era compartilhada e respeitada neste espaço. Fui embora" (hooks, 2019, p. 103).

para que assim, despercebido, o agente possa assumir uma configuração social sem forma, que possa finalmente circular sem restrições, com liberdade absoluta para a realização de seu trabalho – de seu real trabalho, não daquilo que seu corpo produz como forma de garantir sua manutenção nesse mundo –, que é fomentar a erosão de que é possível obter, de um eventual algoz, algo além de uma mera regalia de detento. Entretanto, todo sistema carcerário possui uma entrada. E por onde entram os conceitos podem sair as pessoas:

> Como uma intervenção radical, devemos desenvolver atitudes revolucionárias em relação à raça e à representação. Para isso devemos estar dispostos a correr riscos. Os ensaios de Olhares negros têm o objetivo de inquietar e desviar, de serem disruptivos e subversivos. Eles podem aborrecer algumas pessoas, fazer com que se afastem ou se sintam chateadas. A ideia é essa: provocar e engajar. Como aquele retrato de Billie Holiday por Moneta Sleet que eu amo tanto, em que, em vez de uma imagem glamourizada do estrelato, somos convidados a ver a cantora numa postura de profunda de reflexão, os braços machucados pelas agulhas, as cicatrizes delicadas no rosto, e aquele olhar triste e distante. Quando encaro essa imagem, esse olhar negro, algo em mim se despedaça. Eu preciso recolher os pedaços e cacos de quem sou e começar tudo outra vez – transformada pela imagem (hooks, 2019, p. 42).

Assim, uma teoria crítica legítima não pode oferecer a seus adeptos nada além do que o exercício de liberdade de pensamento. A produção crítica de hooks não propõe inventariar as possibilidades do não, mas sim arquitetar as consequências lógicas do sim, para aqueles para quem a liberdade foi sempre oferecida como um bem em si, como uma condição necessária e suficiente, que, uma vez cumprida, não poderia legar aos seres que a possuem nada além de satisfação e prazer. Assim, seu modelo teórico resulta numa pedagogia estética que passa por um acerto de contas do indivíduo com suas próprias prioridades, e que oferece a ele tanto quanto retira[20]. Seu desenvolvimento conceitual mira uma literatura que trate mais das coisas que o indivíduo descobriu do que daquelas que ele pretende descobrir; uma literatura que fale mais do mundo que o indivíduo habita do que do mundo que pretende habitar, para que finalmente se torne uma literatura que trate sobre o que um indivíduo negro pensa sobre o mundo, e não aquilo que ele acredita que deve pensar. Eis o caminho hooksiano para a construção de uma teoria capaz de analisar o artefato literário negro dentro da evidência da matéria. E não apenas na superfície das autodeclarações.

---

20 Razoável lembrar aqui, entretanto, os alertas de teóricas como Fernanda Bastos, especificamente no que diz respeito aos limites dos poderes do engajamento: "Embora a criação evidencie posturas políticas, é sempre problemático ligar a produção artística a agentes políticos específicos. As figuras da política possuem projetos que se moldam ao interesse de diferentes coletividades e que se ajustam ao espaço de poder ocupado e ao tempo, elementos nada sublimes. Ademais, o artista pode acompanhar um líder, mas dificilmente sua arte conseguirá fidelizar outras pessoas a se devotarem a um santo ou à sua causa."(Bastos, 2021, p. 15).

A hipótese do rato: valor e medo na literatura afro-brasileira contemporânea

Nas metrópoles não é incomum que a reação humana ao eventual aparecimento de um rato tenha seu desdobramento inteiramente vinculado ao horário do ocorrido. Afinal, é tomado como óbvio o fato de que, seja nos andares profundos da Paulista ou nos subterrâneos de qualquer cidade com grande densidade demográfica, há ratos por toda parte. O problema ocorre quando decidem – por acidente ou audácia – romper os limites do tácito acordo entre nós e o lixo. Se continuarem lá, em seus buracos e tocas escuras, obedecendo ao ritmo da cidade, é grande a chance de que permaneçam vivos. Contudo, se aparecerem durante o dia, no útero do horário comercial, no miolo do ritmo produtivo, proliferam as críticas à prefeitura, à cidade e, por fim, ao nosso modo urbano de viver. Há qualquer coisa de subversivo no ato de aparecer onde não se é chamado. O mesmo ocorre com os autores e autoras negras. Se essas figuras se dedicarem à autopublicação, aos saraus restritos, às oficinas beneficentes, enfim, ao circuito alternativo já conhecido, receberão o epíteto de produtores e produtoras de literatura negra. Se aparecerem, contudo, à luz do dia, nos lugares destinados ao prestígio literário, estarão pavimentando a estrada de sua danação, exatamente como os roedores das metrópoles que abrigam as livrarias onde diariamente centenas de títulos lutam para chegar à visibilidade dos prêmios literários, dos PNLDs e das resenhas publicitárias publicadas em suplementos e jornais.

Meus exercícios metafóricos outra função não possuem senão a de transformar com palavras e pensamento a realidade que traduzem. A comparação entre autores negros e ratos é ideia minha, mas a formatação dessa correspondência para além das minhas elucubrações linguísticas é do mercado editorial. É ele que confirma as suspeitas de que os produtores negros de ficção, no capitalismo tardio brasileiro, são vistos percebidos como pragas, a quem a vida biológica deve ser tolerada somente dentro de aspectos bem específicos.

Muito já se disse sobre o racismo e suas mais variadas manifestações na cultura brasileira. Também se explorou *ad nauseam* a necessidade de um sistema literário que respondesse mais adequadamente às demandas sociais e que representasse nossa diversidade étnica. Nessa legítima guerra, entretanto, restou vilipendiada a extensão do impacto dessa renovação estética no campo literário nacional. É certo que muito pouco mudou no que diz respeito às estruturas que sustentam nossa cultura doméstica, mas é igualmente verdadeiro que a mínima transformação na aparência das coisas já gerou uma espécie de clima de opinião segundo o qual o sistema literário brasileiro estaria em franca erosão. Esse sentimento, misturado ao já tradicional fetichismo da vida negra, gerou uma crença de que a experiência afrodiaspórica poderia significar uma oportunidade de correção da história da civilização, uma espécie de segunda chance da cultura. Os indivíduos negros teriam direito a seu próprio modernismo e a seu próprio pós-modernismo; e poderiam gozar daquilo que, na literatura *tout court*, já se encontrava roto. Ao contrário dos eurodescendentes, eles poderiam simplesmente começar na parte que interessava, criar seus mitos a partir da centralidade de décadas mais interessantes, deixando de lado os fracassos do Classicismo, do Arcadismo e do Romantismo.

Assim, uma cultura literária negra teria, ainda segundo esse olhar, a vantagem de começar sua historiografia já no Realismo, tendo em *Memórias póstumas de Brás Cubas* – e não na pitoresca carta de Pero Vaz de Caminha – sua real certidão de nascimento. Adicione-se à equação desastrosa a presunção de que a cultura negra não precisaria lidar com as grandes disputas ideológicas do campo artístico até aqui, porque afinal negros não são nem trotskistas nem stalinistas; nem formalistas, nem estruturalistas; nem liberais nem materialistas. Eram – e continuam sendo – figuras às quais se deve apresentar o marxismo, o feminismo, a psicanálise, as pirâmides transparentes do Louvre e o que mais for óbvio, para que um dia, a partir dessa catequização bem-intencionada, com as ferramentas certas, eles próprios consertem o que há de errado no mundo.

Muitos autores não negros e muitas autoras não negras, a despeito de suas inteligências e de suas afinidades afetivas, sentiram-se seduzidos e seduzidas por essa fantasia[21]. Parece existir uma pulsão de cobiça, de

---

21 Sobre o tema, vale conferir *Corra*, de Jordan Peele, filme de 2017 no qual o protagonista negro, em uma viagem para conhecer os pais de sua namorada

natureza narcisística desejosa, através da qual o próprio desejo de prestígio encontra receptáculo na presunção de que literatos negros e literatas negras gozam de expedientes críticos diferenciados. A crítica literária estaria sufocada por pressões antropológicas. E, para se livrar delas, o único dispositivo disponível seria a emulação de uma espécie de negritude difusa, representada no resgate de uma suposta ancestralidade africana comum a todo povo brasileiro. O que antes atendia pelo nome de mito da democracia racial passa agora a responder pelo que é, a dimensão literária de uma fantasia[22]. Quanto mais visíveis se tornaram os elementos que sustentavam o conto da igualdade racial brasileira, mais importante se tornou representar exploração de negros por brancos nos livros, nos filmes e em toda representação artística disponível. A arte passou a ser não mais o campo da denúncia, mas do regozijo, o único local onde o sadismo do opressor pode desfilar fazendo as vezes de memória renitente do oprimido.

---

eurodescendente, se depara com uma família disposta a cometer crimes para se tornar, a qualquer custo, também negra. Trata-se de uma versão tétrica e bem mais interessante de *Adivinha quem vem para o jantar*, de 1967.

22 Tenho uma particular queda por esse fragmento adorniano: "[...] Existe um amor *intellectualis* pelo pessoal da cozinha, a tentação para quem faz trabalho teórico ou artístico de afrouxar a exigência intelectual e rebaixar o nível, seguindo na coisa e na expressão todo tipo de hábitos que, como conhecedor alerta, havia rejeitado. Como os intelectuais não podem mais reivindicar para si qualquer categoria dada, nem mesmo a formação cultural, e mil demandas da operosidade ameaçam a concentração, cresce de tal modo o esforço para produzir algo que de algum modo se sustente que quase ninguém consegue levá-lo a cabo. Além disso, a pressão do conformismo, que pesa sobre todo produtor, deprime por si mesma sua autoexigência." (Adorno, 2018, p. 25). Penso que no Brasil, podemos deslocar o sentido de "pessoal da cozinha" por uma acepção tipicamente brasileira de indivíduo do povo e, nesse caso, negro.

Não se trata mais de fazer uma "literatura de brancos", mas uma literatura que possa receber o espólio de guerra expropriado das comunidades negras. Nesse sentido, a reivindicação de autoria negra não passa mais pela politização do texto, mas pela consciência dos lucros e dividendos que essa identidade pode ofertar aos autores que lhe forem atribuídos. Evidentemente, não se trata mais de se perguntar se existe literatura negra, mas sim de tomar para si um novo rótulo, o título de negro-autor. Todos observam a possibilidade de teatralização da vida social étnica, dimensão que antes era oferecida apenas às minorias, mas que hoje, dada a profusão de rótulos minoritários, pode ser facilmente reivindicada por aqueles que assim desejarem. O sistema já não procura interditar os sentimentos de inadequação e desajuste, mas reafirmá-los como forma de afastar o pior dos riscos, o de que o indivíduo perceba, finalmente, que ele importa pouco enquanto ente único. Enquanto procura se equilibrar entre identidades novas, identidades velhas, identidades postiças e identidades precárias, sem saber ao certo de qual delas sairá o passaporte para o prestígio literário, o autor não negro observa o rato livre, na parte de cima do solo, que se movimenta com a certeza de que não há outros ratos tão espertos quanto ele. Nem tão habilidosos. O rato observa a sua própria vida e se regozija de seus feitos. Nunca nenhum roedor chegou tão longe quanto ele. E começa a parecer interessante garantir que no futuro nunca ninguém o faça. Então, as eventuais armadilhas que encontra no caminho, e que pode desarmá-las para que não firam outros ratos, são ardilosamente deixadas intactas. Em seu movimento, todas as alterações de rota parecem planejadas pela urgência dos cheiros, das novidades, dos prazeres.

Tudo é justificado.

Nunca se esteve ali, afinal. Enquanto isso, uma legião de ratos dorme sob a cidade.

De qualquer forma, o autor não negro, ainda que enojado, não vê opção além de assistir ao espetáculo do domínio dos outros, das escolhas do outro, dos movimentos do outro. Enquanto o rato estiver na parte de cima, a avenida é dele. E parece, para todos aqueles que não são ratos, que a avenida nunca voltará a ser domínio dos humanos, porque é isso afinal o que se pensa no coração de uma crise. Pensa-se que a crise é infinita, porque as crises cancelam as possibilidades de juntar o ontem ao amanhã. A crise é a destruição da face futuro do deus Jano. Nela, só se pode ver o antes.

O arrazoado dos roedores

Que os filhos da burguesia, já empanturrados de tanto sabor, *croissant* e Moët Chandon, tenham migrado lentamente do sonho de mudar o mundo para a realidade paquidérmica de terem sido mudados por ele, não é exatamente algo surpreendente; que hoje diversos brancos procurem diluir uma parte mínima de seus lucros em projetos culturais, convertendo prédios em instalações – em certos casos ocupações – artísticas, também não é novo; que exista sempre uma parte do proletariado disposta a fornecer aos patrões motivos para continuarem afrouxando os arreios que os prendem, ainda que isso custe o adiamento da libertação dos outros, isso também já é matéria revisada. O que há de realmente novo nesta terceira década do século XXI é o fato de as minorias terem preferido o discurso emulado do cansaço, da perda das utopias, e que tenham elas mesmas preferido fingir experimentar um empanturramento de tentativas de lutas contra o capital e que o melhor a fazer agora seria dizer um não peremptório a qualquer projeto intelectual que suponha revide.

Trata-se de um aspecto particular do período econômico que a maior parte de meus pares gosta de chamar de neoliberalismo, mas que para mim não é outra coisa senão o capitalismo de comutação. Chamo-o assim porque, muito além de um conjunto de doutrinas econômicas e de diretrizes políticas, o capitalismo atual possui uma cartilha de intenções publicizadas onde nada mais há de escondido. Assim, grande parte da crítica que a ideologia marxista encontrava como necessária – o esclarecimento das massas, a catequização política do oprimido – foi sendo identificada como estupidez do narrador. Tal qual um aluno que toma o professor por obtuso por confundir seu didatismo generoso com limitação argumentativa. A mediação como linguagem desaparece do horizonte de expectativas. Daí advém o jorro de repercussões generalizadas, anti-intelectuais e imprecisas: toda psicanálise é um desejo de falar sobre algo para não ter que encará-lo; toda diplomacia é a argumentação da falta de condições para o uso da força; toda crítica literária não passa de um entrave à consagração dos autores.

A razão dos ratos, nesse caso, residiria na confrontação inevitável dos elementos que se apresentam como imutáveis, dos quais o capitalismo de comutação se alimenta. O rato sabe que não é o centro do processo explorador. Ele sabe que há engrenagens. Ele sabe que há valores e cordas que o coordenam. Ele sabe que há o capital. Entretanto, ele acredita ser contraproducente fazer outra coisa senão o que faz, afinal, uma engrenagem só pode funcionar para o lado certo ou parar de funcionar, à espera da óbvia substituição. Confrontar-se com o capital é, para ele, adiar o desejo profundo que é aproximar-se do capital. O engajamento não apenas não faz mais sentido porque ele não odeia o patrão; ele agora odeia ser empregado. É por isso que, como autor, o rato sente-se representante não mais de seus semelhantes roedores, mas do sistema que o levou à superfície.

Uma oxigenação contra-argumentativa

A essa altura, suspeito que a aceitação de um modelo no qual se possa representar autores como ratos e cena pública como avenidas já esteja relativamente mais assentada. Restaria avançar para uma ideia de potência dialético-transformativa dessa realidade, mas antes é preciso enfrentar o problema da industrialização do comportamento de autor:

> Os críticos literários podem pensar que os indivíduos são incomparáveis, mas os sociólogos discordam. Se os seres humanos fossem, na maioria, encantadoramente imprevisíveis, os sociólogos perderiam o emprego. Eles, como os stalinistas, não se interessam pelo indivíduo. Pelo contrário, examinam padrões comuns de comportamento. É uma verdade sociológica que as filas nas caixas de supermercado sempre são mais ou menos do mesmo comprimento, pois os seres humanos são semelhantes em sua relutância de perder tempo demais com tarefas tediosas e relativamente triviais, como pagar as compras no mercado. Seria realmente

estranho que alguém fizesse fila só para se divertir. Nesse caso, seria uma boa ação avisar os serviços de assistência social (Eagleton, 2019, p. 60).

A maioria de nós rejeita, por ofício, a equiparação de agentes da literatura à dimensão robotizada de *players* de mercado. Habita ainda por aí um forte senso de que, subtraídas as tensões mercantis, os autores são, afinal, seres humanos capazes de responder com liberdade e assertividade aos desafios propostos por seu próprio campo de atuação. Concordaria com isso, se isso fosse verdade. Contudo, isso pressupõe que os autores nasçam por si próprios, através de um processo de geração espontânea, sem qualquer relação com as condições materiais que os cercam. Considerando o modo como as coisas se processam no mundo cultural, é razoável concluir que autores não apenas reagem às coisas à medida que elas se apresentam, mas que também alteram, com seu comportamento, suas feições. Assim, retornando à metáfora que dá origem a este artigo, o ato de andar pela avenida livre, o ato de ser visto, de exercer o que parece ser liberdade, altera o cenário no qual o rato transita, de maneira que, conforme vai avançando em suas vontades, confirma que só pode exercer a regência plena por meio de um cancelamento não do outro, porque este é necessário para que se testemunhem o seu valor, mas da capacidade de ação desse outro. Passa a ser essencial para o rato trabalhar para a aniquilação das possibilidades de agência de quem o assiste viver. Nesse sentido, o autor negro começa a trabalhar contra a audiência que antes desejava adular. Esse trabalho, no entanto, leva tempo para se tornar visível. Dele primeiro vemos apenas elementos indiciários, que apontam para um incômodo. O desejo do rato é controlar a interação dos outros, mas o que consegue, por acidente, é perturbá-los. Essa perturbação pode – e deve – ser captada pela crítica literária como único elemento vivo e orgânico de uma relação artística já agonizante. É nesse sentido, aliás, que argumenta Durão:

> O trabalho crítico de gerações futuras mostra inequivocamente o quanto a grande obra continha os germes das décadas ou mesmo dos séculos vindouros. Na verdade, isso é uma condição para que determinado texto possa surgir como grande obra. O passado de um objeto literário de peso confunde-se com seu valor no presente; quando não há mais nada a dizer a seu respeito, ele se converte em mero documento histórico (Durão, 2016, p. 27).

É razoável afirmar, portanto, que há uma potência criativa mesmo nesses cenários em que as tensões cotidianas apontam para uma suposta estagnação e convidam para um repouso da força crítica. O que de pior as obras apresentam hoje pode ser, no futuro, os principais confirmadores de sua importância. Assim, em uma realidade cultural na qual as obras produzidas por autores negros não desejam outra coisa senão a aceitação de que são obras, aquilo que em primeiro lugar se apresentaria como a evidência de uma profunda ingenuidade artística passa a ser a semente única de uma pulsão já inexistente nos demais lugares[23].

---

23 Atualmente, a produção literária de um indivíduo negro pode parecer – aos olhos dos desatentos – uma grande oportunidade para assistirmos ao triunfo do indivíduo sobre o social. Contudo, o fato de que os acertos estéticos de autores negros tenham permanecido sem reverberação comercial adequada por tantas décadas oblitera a fantasia de que nosso sistema literário seja

Nesse sentido, ainda que autores negros e mercado editorial tenham se concentrado na possibilidade real de que a literatura valha somente como conteúdo paradidático, essa decisão não tem validade futura, pois tanto mercado quanto autores negros não podem desenhar seus próprios desdobramentos, uma vez que precisam gastar todas as suas energias na afirmação do presente[24]. Grosso modo, estão ambos interessados em resguardar certo elemento iluminista de que a literatura é fundamental na formação do ser humano e, portanto, não apenas direito, mas um elemento luxuoso em uma educação sofisticada. Para além dos conteúdos básicos, o instrumento literário seria um acessório a mais em um conjunto de *gadgets* da educação contemporânea, algo a ser levado em conta na hora da escolha da escola das crianças, um asterisco em um panfleto educacional publicitário. Essa operação instrumentaliza suas obras, mas também as libera da defesa sempre inútil do espetáculo – inútil no capitalismo tardio – do direito à inutilidade da

---

outra coisa senão uma máquina de explicações palatáveis e domesticadoras sobre como – e principalmente por que – chegamos ao inferno que hoje habitamos. As narrativas que porventura escapam desse modelo produtivo são vilipendiadas e rotuladas como indignas de nota, e passam a habitar um limbo do qual raramente são retiradas.

24 "Cada vez que escrevo um artigo ou um ensaio, pareço estar certo de que a arte diminui a velocidade das ações sociais e assim permite que observemos as engrenagens através das quais a realidade objetiva se sustenta. A obra de ficção seria uma peça que tem como moldura as condições de vida que a geraram. Entretanto, essa sensação dura somente alguns minutos. Logo sou lançado novamente ao vazio de uma suspeita assustadora: a de que a arte, a *verdadeira* arte, é somente um artifício para nos distrair da realidade. Não seria, então, o *blockbuster* tacanho aquilo que nos anestesia, e sim as produções de alta cultura das quais tanto gostamos. O que não suportamos em programas dominicais da TV aberta brasileira não é, talvez, sua inacreditável irrealidade, mas sua incrível capacidade de retratar sem filtros o mundo que aí está: rasteiro, grotesco e desinteressante" (Azevedo, 2018, p. 16).

arte[25]. Já de saída essa literatura negra se reivindica como *necessária* e, portanto, portadora de uma mensagem cujo alcance se limitaria ao campo dos estudos escolares, território no qual a literatura, para existir, deve estar impregnada de um sentido cultural, mas inofensivo.

Um novo ralo para o sistema

Assim como a crise de mão de obra levou ao tráfico negreiro, a crise do sistema editorial brasileiro levou as editoras à neurótica busca pela produção literária negra[26]. A base de leitores não é mais o problema. A questão é que agora aumentaram as expectativas de leitura. Não basta a essa nova e significativa parcela de leitores o fato de Jorge Amado ter tematizado a vida cultural negra ou a evidência de que Harriet Beecher Stowe denunciou os horrores da escravidão. Não basta a uma parcela significativa de novos leitores que Jorge Amado tenha tematizado a vida cultural negra ou que Harriet Beecher Stowe tenha denunciado

---

25 A crítica literária é coautora do apagamento de toda uma historicidade intelectual negro-brasileira. Penso especialmente em Sílvio Romero, José Veríssimo, Alceu Amoroso Lima, José Guilherme Merquior, Afrânio Coutinho, Alfredo Bosi, Wilson Martins, Roberto Schwarz, e mesmo em Antonio Candido... nenhum afrodescendente. Há um eloquente vazio da presença negra. O grupo da crítica merecia outro tipo de metáfora que caracterizasse sua aparência fenotípica homogênea, masculina e eurodescendente. Se este artigo tratasse das figuras femininas na literatura brasileira, considerando o olhar misógino de nossa tradição crítica, ele teria notas de rodapé ainda menores.
26 Não há dúvidas de que a promulgação da Lei 10.639, que estabelece a obrigatoriedade do ensino de história e cultura afro-brasileiras, teve grande impacto nesse cenário. Ademais, a realidade escolar tende a, quando exposta ao calor urgente das demandas concretas, sugerir a substituição de apuro estético por instrumentalidade pedagógica. Nesses casos, o tema passa a valer mais do que as obras.

os horrores da escravidão. Não se anseia mais por um projeto social coletivo. Esse horizonte já foi involuntariamente destruído pela repetição nauseante dos resmungos filobrancos em relação à queda do muro de Berlim, décadas atrás. Agora, restou somente o liberalismo erosivo, reinando sozinho. É justamente dele que emana a convicção ideológica que sustenta o engodo de que a ascensão individual é o único anseio legítimo da comunidade negra na contemporaneidade. Não se trata mais das demandas dos negros, mas da demanda de somente um negro, e da luta de cada um de nós para ocupar esse espaço singular e mínimo. A lógica é aritmética: a revolução das condições coletivas é resultado da soma de superações individuais. Assim, a pauperização dos indivíduos negros será extinta mediante o enriquecimento sucessivo de indivíduos negros. Do mesmo modo, a visibilização da literatura negra será alcançada mediante a visibilização dos autores. Nenhum compromisso coletivo é estabelecido porque o individualismo veste hoje as roupas da individualidade. Restará, portanto, uma única saída, de ordem crítica[27]: a

---

27 Debate semelhante foi proposto por Clóvis Moura, na década de oitenta, em relação à necessidade de se resgatar a força crítica da sociologia. Dizia ele: "A sociologia acadêmica nada mais é do que um ramo de conhecimento e atividade criado no transcurso da elaboração de uma ideologia racionalizadora, capaz de suprir a necessidade de se apresentar a sociedade capitalista como eterna e racional. Racional por eterna e eterna por racional." (Moura, 2021, p. 10). Hoje, entretanto, cada vez que nos estabelecemos, com coragem, na posição de enfrentamento de grandes questões críticas, logo se levantam as vozes que recomendam cautela. Os contínuos ataques à academia e à intelectualidade partem dos mais variados lugares. E, de certa forma, dificultam a modulação de uma crítica consistente que não represente apenas mais um modo de destruir integralmente aquilo que era problemático em parte. De toda sorte, a aplicabilidade da sociologia constitui um valor para as empresas e para o Estado, enquanto a literatura parece interessar somente quando encarnada na mercadoria livro ou como promessa de novos modos de enganar as minorias em silêncio.

de ruptura completa com a presunção de que autores negros fazem parte de um conjunto de pragas inevitáveis do mundo urbano. É preciso trabalhar para que não percam essa camuflagem que os protege e que permite que circulem sob o manto da manutenção da vida biológica, mas é necessário fomentar um pensamento que não espere dos objetos a confirmação de potências que dependem da crítica, afinal, um rato – tenha ele a cor que tiver – não pode identificar se está ao lado de uma barra de ouro ou do transformador eletrificado que lhe retirará a vida.

Antes da teoria: a agonia da experiência crítica

A esta altura da conversa, imagino que já tenham aparecido diversas dúvidas quanto a uma eventual diferença no exercício da função do intelectual afromarxista em relação à ação dos intelectuais marxistas não negros. Cabe, então, um esforço para demarcar, na produção do conteúdo teórico, o que diferencia o trabalho desses dois grupos. Em primeiro lugar, é preciso determinar que a própria construção da figura do intelectual, construída sobre a pedra fundamental do caso Dreyfuss, já nasce de uma questão étnica. Intelectuais estão intimamente ligados a uma necessidade de proteção da vida humana em nome de uma injustiça não apenas moral, mas também jurídica. Ao nascer, essa entidade fundamental do sistema cultural burguês carrega consigo as marcas de uma série de tensionamentos que visam a determinar o que deve ser dito e por quem. Quando Hannah Arendt escreveu o artigo na *The New Yorker*, as reclamações não foram em relação ao que tinha escrito, mas a diferença entre o que ela *deveria* ter escrito e o que de fato escreveu. O cerne da questão para seus críticos – e eu não me encontro entre eles – não estava no que ela disse, e sim na enorme contrariedade com o que se achava que uma intelectual de origem judaica deveria dizer para que tivéssemos a certeza de estar frente a uma intelectual de origem judaica[28].

Assim, a figura do intelectual branco é construída sob a suspeita social de que ele tem potencial para ser um entrave à ordem do mundo em que vivemos. Os governos, portanto, procuram desesperadamente fazer caber os indivíduos que pensam na fantasia paranoica do conceito de intelectual. O resultado é uma série de estratégias que visam a aprisionar o indivíduo crítico, limitando seu poder de ação. Ocupado com demandas comezinhas, engajado em algumas atividades práticas de caráter irrelevante, o intelectual branco mergulha no autoengano de que sua invisibilidade é fruto de uma sofisticada tática de camuflagem. Quanto menor é o impacto de seu trabalho na sociedade civil, maior é a crença de

---

28 Isso pode ser um pouco cansativo, mas talvez, dados os tempos em que vivemos, seja razoavelmente necessário: trago aqui dois casos até bem pouco tempo emblemáticos de nossa cultura letrada: o caso Dreyfus e a publicação do ensaio *Eichmann em Jerusalém*. Grosseiramente pensando, Alfred Dreyfus foi um oficial da artilharia francesa, condenado injustamente à prisão perpétua por traição. As infundadas acusações recaíram sobre ele por causa do ambiente antissemita que dominava a França àquela época. Após uma longa campanha, escritores e pensadores da época conseguiram mover – com a ajuda da imprensa e, portanto, da opinião pública – o judiciário em direção a um desfecho justo. Em 13 de janeiro de 1898, o escritor Émile Zola publicou, no jornal *L'Aurore*, o artigo "J'Accuse!", uma formidável peça de crítica ao *lawfare*. Dreyfus acabou inocentado e todos foram felizes para sempre. Já Adolf Eichman foi um funcionário nazista que ocultava, no discurso das rotinas burocráticas, suas tendências homicidas. Em 1961, Hannah Arendt estava em Jerusalém para cobrir o julgamento de Eichmann para a revista *The New Yorker*. Muitos esperavam dela um texto sobre um criminoso abjeto, mas ela preferiu transcender o desejo de cuspir no carrasco e empreendeu uma reflexão não sobre os sintomas, mas sobre as causas que geraram um sistema genocida no seio de um continente supostamente iluminado. Frequentemente aqueles que defendem o livre pensar se voltam contra os intelectuais quando estes decidem pensar livremente.

que está "voando abaixo do radar" ou "hackeando o sistema por dentro".

Os partidos políticos também cumprem sua função na máquina de instrumentalizar o pensamento. Neles a função dos intelectuais é produzir sistemas de pensamento que justifiquem as decisões tomadas pelos governos. É, portanto, um mero trabalho de legitimação. Ou, se quiserem aumentar a octanagem da crítica, é um trabalho de assessoria de imprensa. Por isso, todas as administrações governamentais da democracia burguesa apresentam, em menor ou maior grau, suas figuras centrais de pensamento. Eles, contudo, não comandam. Não podem ocupar as secretarias e os ministérios mais importantes. Aos intelectuais brancos é dado o direito de pensar, desde que seu pensar não tenha desdobramentos impensados.

Paradoxo é que a função do intelectual negro passa a ser aspirar ocupar todos os espaços. E nisso lutam para fazer parte dos governos e fornecerem as explicações teóricas para bombardeios, políticas públicas que beneficiam os mais ricos, leis de incentivo à arte que privilegiam as produtoras de conteúdo e não os artistas, acertos de *compliance*. Sonham com seus crachás, com postagens em redes sociais nas quais lamentarão a burocracia das universidades brasileiras, farão críticas à Capes, elogios tímidos ao CNPq, e se vangloriarão em eventos nos quais, para justificar o ineditismo e o absurdo de sua presença em um mar de branquitudes, dirão estarem: "voando abaixo do radar" ou "hackeando o sistema por dentro". É por isso que aqui as coisas se complicam. É por isso que este livro se coloca contra uma perspectiva meramente étnica da compreensão teórica. De nada adianta, para mim, a diversidade melanímica. Doze patrões das mais variadas cores e de múltiplas identidades de gênero explorando oitocentos trabalhadores que têm reconhecidas suas identidades culturais e são chamados pelo nome – e não por um número impessoal – ainda são o retrato de um sistema da exploração de uns pelos outros. E esse sistema não é suficiente, ainda que venha em preto-piano. É preciso perfurar a membrana que protege o mito da genialidade, destruindo de vez o vínculo entre ideologia da intelectualidade e pensamento livre. É nisso que reside a hipótese que apresento.

O intelectual branco tem sido apresentado à comunidade negra como um interventor que possui três responsabilidades: a) fornecer argumentos que reforcem a necessidade de uma transformação social; b) explicar em nível teórico as transformações já em andamento; e c) oferecer ferramentas para que as classes menos favorecidas estejam habilitadas a ocupar postos de melhor remuneração no mercado de trabalho.

Não são prerrogativas negativas, embora sejam mais úteis se o assunto for distribuir tarefas aos intelectuais brancos, e não necessariamente trabalhar efetivamente para a mudança dos destinos negros.

Ao intelectual branco, por maior que seja sua força de vontade individual, jamais será dada a oportunidade de exercer o livre pensamento, porque seu livre pensamento é visto como mais perigoso que o livre pensamento do negro. Os vigilantes são mais vigiados que aqueles que eles julgam comandar. São os mais cerceados. Quem tem a função de oprimir no campo de batalha é mais escravizado na bolsa de valores do pensamento ocidental. É por isso que o intelectual branco se sente por vezes sugado de sua força vital. Toda vez que se vê como o guardião das chaves da senzala, percebe a instrumentalização melancólica de suas forças produtivas. Como um feitor, ele cuida da senzala. Pode contar à senzala histórias de liberdade. Pode dizer à senzala como é o mundo lá fora. Pode confessar à senzala, com lágrimas nos olhos, que a dor negra dói nele; e que o sangue negro também corre em suas veias; mas jamais poderá libertar negro algum, porque não pode, dentro desse sistema, libertar a si próprio. É por isso que, do ponto de vista epistemológico, não há diferença entre o afromarxista e o intelectual livre. Trata-se de um conceito, não de um destino. E o conceito demanda apenas a compreensão de que, no Brasil, dada a renitente permanência das estruturas simbólicas da escravidão, não é possível haver intelectualidade branca. Não há banca de heteroidentificação aqui. Qualquer intelectual branco que tenha transcendido o cercado da ideologia branca está pensando como intelectual negro. E como intelectual negro será tratado pelo conjunto de forças de repressão. Isso não significa dizer que meu postulado aqui será marcado por uma espécie de autodeclaração e que o termo afromarxista se aplique a todo e qualquer indivíduo que, sufocado pelas condições materiais de seu trabalho, perceba-se em situação análoga à do negro[29]. É por isso que minha proposta não é identitária.

---

29 Não se deve confundir o abraço às conquistas do afromarxismo com simpatia pelo afromarxismo. Não são poucas as pessoas que pela mão esquerda colhem os frutos da luta marxista e pela mão direita os entregam ao antimarxismo. Muitos teóricos negros contemporâneos simplesmente tomam de empréstimo termos cuja origem é a luta marxista, mas rejeitam publicamente o reconhecimento honesto desse fato. Karl Marx está, para eles, ultrapassado. Karl Marx é, para eles, um racista odioso. Karl Marx não tem condições de ser, para eles, a figura messiânica de que precisam, capaz de estar tanto nos discos de Beyoncé quanto nos discursos de empoderamento que fazem em suas oficinas de bem-estar racial e domesticação étnica, embora tudo o que citam, de Angela Davis a Lelia Gonzalez, foi o marxismo negro que construiu.

Não penso em uma versão publicitária da teoria materialista. Não se trata de uma mensagem adaptada à minha comunidade. Para mim, o afromarxismo é hoje a única maneira de, no Brasil, haver pensamento livre no campo da teoria social. Enquanto a tradição marxista branca nacional propôs, ao longo das décadas, uma versão vermelha do *white savior*, eu proponho a direção oposta: são os negros que podem salvar a intelectualidade branca, e não o contrário. Isso porque é a ausência de escravizados na senzala o que determina a obsolescência dos feitores. Uma vez declarada definitivamente inútil para o poder, os intelectuais brancos poderão fazer aquilo que no Brasil não parece ter sido permitido: pensar sem as amarras de seus proprietários mentais. Durante meus anos de formação acadêmica, jamais tive um professor ou supervisor negro. Acostumei-me a mencionar isso como elemento empírico confirmador da supremacia racial branca nas universidades brasileiras[30]. Contudo, gostaria de chamar atenção aqui para outro aspecto dessa evidência étnica. Aquele que se detiver à realidade concreta de nosso ambiente acadêmico notará, por certo, que o papel do intelectual branco tem sido alertar os alunos para o fim da atividade intelectual na sociedade contemporânea. Sempre que eu olhava para um de meus mestres, eu sentia que sua biblioteca particular, seu arcabouço teórico (reunido durante décadas de pesquisa, observação e esforço genuíno), sua capacidade de mobilizar conhecimento para dar conta de um mínimo momento de grandiosidade teórica, tudo se desfez, mas seus

30 Passei pela PUCRS, UFRGS, Unicamp e USP e é da experiência nessas instituições que falo. Entendo, contudo, que pode haver outro Brasil além do que eu conheci. Ficarei muito feliz de um dia conhecê-lo.

resíduos permanecem como fagulhas de um fogo que já foi intenso, porém permanece dormente, como potência para alguns, como agonia para outros. Muitas vezes olhei com espanto para a cadeira onde se sentavam essas pessoas tão caras para mim, observei o computador em que fazem os apontamentos aos nossos trabalhos, corrigindo atentamente nossos rumos, respirei profundamente o ar da sala onde nos atendem, tentando entender por que, afinal, esses objetos se converteram tão rapidamente em objetos de tortura e sacrifício. Por que, para eles, a vida acadêmica se tornou uma versão da vida mutilada?

> A universidade vira uma grande cozinha industrial e os congressos, feiras de alimentos. Quando me pergunto qual a função desta hiperprodução de sentido, no atacado, só me vem uma resposta: dado que o mundo se desencantou, que as coisas estão livres das crendices e superstições que as envolviam; dado que a repetição impiedosa do mesmo (a ânsia de vômito: quantas e quantas açucaradas canções de amor no rádio e TV!) não é capaz de abarcar a totalidade da sociedade; dado então que sentido "novo" precisa de um jeito ou de outro ser produzido – por causa disto o sistema universitário precisa produzir sentido estandardizado e em grande quantidade: como mecanismo de prevenção contra o delírio (Durão, 2015, p. 74).

O cargo de professor universitário, aos olhos da sociedade civil, não se constitui uma profissão. Médicos são conceituados por serem médicos-professores. Juristas são conceituados por serem juristas-professores. Professores-professores não são, entretanto, coisa nenhuma. Há quem não esteja preocupado com esse estado das coisas, porque lucra – não apenas simbolicamente – a partir das forças que nos trouxeram até aqui. Contudo, é difícil encontrar, nos departamentos das faculdades de Letras, alguém que se apresente satisfeito com o modo de vida que levamos[31]. O que impera em nosso meio é uma sensação de esgotamento e vazio. O baixo reconhecimento da profissão de professor universitário está ligado não à desvalorização do nível de conhecimento de nossa classe, mas, pelo contrário, ao desprezo pelo fato de ser uma classe que tanto sabe sem nada fazer. Esse engano começou no momento em que, acuados pelo risco do desaparecimento, os intelectuais brancos aceitaram tratar a Teoria como um dispositivo, uma espécie de *commodity* destinada a responder adequadamente eventuais limitações dos modelos interpretativos anteriores. Essa imagem – que supõe jocosamente certa proximidade metafórica entre os métodos de produção do modo industrial e a dinâmica de construção do pensamento crítico – está, contudo, longe de ser verdadeira.

---

31 Aqui vale um alerta: muitos daqueles que se apresentam como críticos à burguesia, ao cânone, à tradição ou qualquer uma das sinonímias da elite agora na moda, são justamente os herdeiros da máquina de danação que gerou a elite, a tradição, a burguesia e – vá lá – o cânone literário. Felizmente, é fácil identificá-los: eles estão sempre em posição refratária a reformas na academia. Eles votam contra qualquer tentativa de democratizar o acesso a ela. Eles estão sempre propondo um tempo de adaptação para os novos tempos, na esperança que assim o vento da mudança pare de soprar. Eles têm discurso duplo (aos alunos, parecem empáticos, mas, na reunião dos conselhos departamentais e nas sessões de decisão das congregações, a portas fechadas, negam bolsas, bloqueiam políticas de permanência dos mais pobres na universidade, impedem a contratação de docentes negros. A despeito disso, são os primeiros a incluir – sempre às pressas – livros de autores negros nas bibliografias de seus cursos, porque são, eles não têm vergonha de dizer: "obras necessárias que tratam de temas urgentes".

Ao tomá-la como farol, e não como o que é, uma luz distorcida, desidratou-se a historicidade, criando um sistema crítico no qual o novo se constrói a partir de si mesmo todos os dias, sem qualquer vinculação com as raízes que de fato geram sua presentificação. Alerta semelhante já aparecia em Lukács, em seu *Marxismo e Teoria da literatura*, como modo de compreender que as respostas às questões da atualidade são sementes de problematizações futuras em uma – esta sim – conhecida e imperativa dinâmica da construção social. Não me assusto com o presságio trágico de que, no futuro, outros verão em mim o pedaço gangrenado que agora vejo em meus pares. Mas mantenho meus pés fincados no agora. E nele a academia tornou-se um lugar ao qual todos foram atraídos por autores e autoras não suficientemente acadêmicos e onde hoje se ameaça com fogo qualquer indivíduo que não seja suficientemente *acadêmico*. A originalidade é um tipo de dicção cognitiva com a qual o conjunto de ciências sociais já não deseja trabalhar[32]. Como afromarxista, sei que, no sistema em que vivemos, um negro não pode ser considerado suficientemente grande, suficientemente acadêmico ou suficientemente sério para ser considerado teoricamente consistente. Não faremos a

32 "Nas Letras abundam as reclamações de preterimento. Nossa área sofreria sob o jugo das Ciências Exatas, que nos impingiriam seu modus operandi, sua racionalidade cartesiana estreita, submetendo-nos a padrões de avaliação heterônomos que desvalorizariam nossas práticas específicas de pesquisa. O problema com essas queixas é que pressupõem uma importância inexistente. As ciências duras não têm por que omitir as Letras porque estas seriam incapazes de oferecer qualquer espécie de ameaça ou risco. As Letras são ridiculamente baratas. [...] A suposta tirania das Exatas funciona na realidade como uma estratégia (tudo bem: inconsciente) para projetar para o exterior uma insuficiência endógena: uma maneira de evitar a autorreflexão e a autocrítica" (Durão, 2015, p. 121).

Nova Teoria apesar disso. Faremos a Nova Teoria justamente por isso. A liberdade coletiva não virá pelas mãos dos prisioneiros entediados com os limites do pátio expandido. Ela virá daqueles que, vivendo no porão, já não negociam o sonho de seu contato com a luz. E é claro que eu estou entre eles. Sou aquele ali no canto, cavando a terra, com uma colher pequena.

Remédio amargo

Um espectro ronda a literatura de Lima Barreto: o espectro do racismo literário. Antes que você vire a página, em um movimento nervoso de refração àquilo que possa lhe parecer mais uma tentativa de colonização do imaginário brasileiro pelo Politburo da militância negra, esclareço: chamo de racismo literário nossa tendência – branca e negra – a defender uma abordagem da literatura produzida por indivíduos negros que seja fruto da ideologia literária da cor, segundo a qual as obras de um autor ou de uma autora valem pela etnia a qual pertencem, e não pelo conteúdo do que escrevem.

Tendo nascido em 13 de maio de 1881, na cidade do Rio de Janeiro, Barreto teve o trabalho soterrado em um século de teoria literária marcada por uma visão mandonista que presumia que autores oriundos das classes menos privilegiadas da sociedade possuem apenas valor antropológico e que, por isso, devem oferecer algo para resolver os problemas sociais que os personagens de suas obras enfrentam, justificando, assim, suas existências. É como se o papel deles não fosse apenas o de contar uma história esteticamente rica, e sim fornecer pistas, elementos, teses e palpites que nos permitam enxergar melhor o mundo social em que vivemos. Tal qual um Prometeu pós-moderno cheio de tarefas práticas, os autores devem, sob essa perspectiva:

roubar o fogo para iluminar nosso mundo apagado; limpar os vidros de nossa janela, para que enxerguemos melhor o que acontece lá fora; e dizer a todos nós o que acontece em todos os cantos do planeta, com todas as pessoas. Dependemos hoje dos autores que antes excluíamos para escrever melhores sentenças judiciais e para montar programas de governo mais eficientes; mas temos ainda dificuldade se alguém ousa se levantar para defender que precisamos de alguns deles simplesmente porque são bons autores. Gostar de literatura se tornou um crime sofisticado em um país no qual somente coisas com função instrumental podem existir. Para sobreviver no sistema cultural, a literatura passou a ser uma espécie de ata, na qual os redatores explicitam as demandas da população.

Posso estar enganado – já me aconteceu duas vezes –, mas creio que tudo isso começou no período pré-modernista, momento no qual os autores e as autoras se debatiam perante a evidente necessidade de reconfigurar a literatura brasileira em nome de uma nova identidade nacional. Muitos autores e autoras ainda hoje, cem anos depois, não conseguiram superar esse paradigma. E vivem ainda a angústia da reinvenção de um país que ainda nem sequer foi inventado. O que diferencia Barreto desses atormentados sem talento é o modo como aquilo que hoje chamamos de ativismo social aparece em sua obra não como um imperativo ético, e sim como um traço quixotesco humano típico de quem não consegue evitar o hábito de comprar brigas maiores que suas forças emocionais podem suportar. *Recordações do escrivão Isaías Caminha* (1909), *Triste fim de Policarpo Quaresma* (1915), *Vida e morte de M. Gonzaga e Sá* (1919), *Cemitério dos vivos* (1919) e *Clara dos Anjos* (1948) são obras que fazem parte de um não lugar literário duplo: primeiro porque o pré-modernismo é uma zona conceitual cinzenta na qual cabe quase qualquer coisa, o que dá um tom um tanto arbitrário ao pertencimento de seus autores a essa escola literária; segundo porque tudo o que Barreto escrevia era radicalmente seu e ao mesmo tempo absolutamente universal, o que o retirava da condição de escritor brasileiro.

É claro que a matéria bruta de sua literatura foi sim o alcoolismo, a orfandade, a melancolia profunda e as atribulações sociais de sua época. Mas confundir sua literatura com isso seria o mesmo que dizer que farinha, ovos, chocolate e leite é *petit gâteau*. De resto, Barreto era um bom escritor. Não porque era um autor negro. Não porque venceu suas adversidades, mas porque escrevia bem. É simples. E não há nada mais perturbador para um mundo de complexidades fabricadas do que uma beleza nua. As razões sociais pelas quais o bolo ficou cru e os motivos históricos por trás do erro do ponto da massa são questões que podemos discutir sempre. Mas isso não muda o sabor do bolo. Os livros de Barreto são manipulações estéticas habilidosas de uma realidade material profundamente dolorosa, na qual as subjetividades foram esmagadas no limite do desaparecimento. Contudo, muito se fala do conteúdo biográfico dele justamente para não ter que se falar do conteúdo biográfico. Não se quer falar do alcoolismo. Não se quer falar da pobreza. Não se quer falar do estigma da doença mental. Não se quer falar da desvalorização da arte negra. E a melhor forma de se fazer isso é falar do alcoolismo dele, da pobreza dele, das limitações de alcance editorial de sua obra. Barreto é o maior bode expiatório de nossa literatura. É com ele que começa nosso vício de confundir as mazelas com o mazelado para que possamos nos sentir imunes a todas elas.

Arquétipos da emancipação

Publicado em 1940, por Richard Wright – o inventor editorial de Ralph Ellison –, *Filho nativo* é um romance de deformação no qual as engrenagens de sua composição ficam o tempo inteiro expostas[33]. Trata-se de um "romance-tese", termo que se usava quando os críticos literários tinham repertório para chamar as coisas pelo nome (ou quando as agências literárias não escalavam seus agenciados para produzir resenhas elogiosas sobre os livros ruins de outros agenciados, criando um ciclo vicioso de autoadulação, que fez muita gente boa – ou nem tanto – dar adeus ao jornalismo cultural). O enredo é relativamente banal: o protagonista Bigger Thomas, um motorista negro de Chicago, comete uma série de crimes hediondos, enquanto lemos uma vida perdendo suas folhas, página a página. Despertado de seu sono pela campainha de um telefone (em uma cena que revela, já de saída, a profunda consciência política que Wright tinha dos limites da representação da vida social na literatura, algo evidenciado pela onomatopeia que parece gritar sua

33 Estranhamente, a edição em português que temos aqui em casa apresenta Monteiro Lobato como tradutor. Como se vê, não é de hoje que racistas convictos vestem a camisa do antirracismo editorial para lucrar com a nossa luta.

falta de adequação na mancha gráfica do miolo), Thomas nos é apresentado como aquilo que de fato é, um sujeito inocente do crime principal que motiva o livro, mas culpado de todos os outros crimes que comete no afã de se livrar de uma culpa supostamente injusta. Eis um livro que propõe uma ideia radical: há um ponto a partir do qual não há qualquer chance de redenção social para os seres humanos, um lugar socialmente construído a partir de ausências, enganos, carências, desamparos e caráter[34]. E esse lugar é a face oculta do capitalismo estadunidense, não à toa a face escura. *Filho nativo* não é uma narrativa sobre a exclusão, e sim sobre seu oposto: a inclusão forçosa e violenta de tudo no compacto espaço destinado às minorias. Negros e negras são alvo de um processo de colonização de seus corpos, como se fossem não indivíduos, mas territórios a conquistar ou espólios de uma guerra já vencida.

No desfecho de *Filho nativo*, Thomas insinua que seria melhor um ato de violência autônomo do que um gesto de inteligência tutelada. Muitas pessoas – incluindo membros do partido comunista americano – viram nessa escolha uma espécie de louvor da violência ou de ode à revolta desorganizada. Ora, a relação entre o marxismo e os autores negros dessa época era determinada pela maneira como os membros brancos dos partidos comunistas viam os filiados negros. Tanto Ralph Ellison quanto o próprio Wright fizeram esse diagnóstico. Aliás, a cena final de *Filho nativo* em muito lembra a cena final de *O estrangeiro*, de Albert Camus, publicado dois anos mais tarde. O que em Camus é representado pela Igreja Católica, em Wright é representado pelas instituições comunistas. No

---

34 Sim, caráter.

entendimento de Wright, o Partido Comunista queria comandar os negros na direção em que a causa branca gostaria. Não era sobre colaborar na organização negra rumo à emancipação, era sobre recrutar novos soldados, dessa vez coloridos, para que pudessem lutar as batalhas que eles, brancos, não conseguiam vencer.

Às vezes, os interesses da revolução e os interesses das instituições criadas para fomentar os movimentos que levarão à revolução não coincidem. Para uns, pior para as revoluções, considerando que o argumento das contas pagas – seja para os traficantes de escravos, seja para aqueles que hoje veem os boletos se acumularem sobre a mesa – é sempre um argumento sintaticamente possível de ser apresentado, ainda que semanticamente não pare em pé, porque não se pode esgotar as razões de uma decisão expondo somente suas eventuais vantagens.

De resto, Wright cumpre a função de desagregar a expectativa editorial em relação aos autores. Ele foi, portanto, arquétipo de uma emancipação estética. Em grande parte, porque se opôs, em suas obras, a fazer da experiência textual a essência máxima da vida de autor. Todos os autores negros produzem a partir dos estereótipos que compõem o imaginário social. Assim como todos os autores judeus produzem a partir dos estereótipos que compõem o imaginário social. Contudo, poucos autores negros escrevem como Wright escrevia. E poucos autores judeus escrevem como Kafka escrevia. Eles, Wright e Kafka, construíram arquétipos através dos quais podemos superar nossas origens sem ter que necessariamente dar as costas para elas. Para ser de todos os lugares, o materialismo histórico precisa estar em todos os lugares.

O sal na Terra

É uma verdade universalmente aceita que todo livro publicado por uma grande casa editorial precisa de um crítico literário que o leia, o compreenda e, talvez, o recomende. A expectativa austeniana dessa premissa contrasta com os frustrantes resultados colhidos por quem se dedica à leitura de *Homens pretos (não) choram*, obra que ganhou nova edição pela Harper Collins. O autor, o sudestino Stefano Volp, um competente roteirista, tradutor e produtor editorial, espalha por duzentas e vinte e quatro páginas a tentativa estulta de transformar em matéria literária as limitações sociais que a realidade concreta impõe aos homens negros. A despeito de seu esforço, o que chega até nós é uma soma de clichês, truísmos e cenas cujo valor se perde na adoção de uma voz autoral que se deseja poética, mas que se apresenta insegura, pueril e sem repertório.

Já nas primeiras linhas, o autor deixa muito clara a essência anêmica de seu texto: "Resolvi chamar esses contos de quarentênicos, porque quero me lembrar que, mesmo em meio ao mais profundo caos, é possível florescer." (Volp, 2022, p. 30). Outras passagens soam, no mínimo, ingênuas: "Finalizar a carta com seu nome simbolizava uma despedida da vida. Pelo menos tinha alguém para repassar suas conquistas táteis, mas e as da alma? Quem poderia nomeá-las?" (p. 30). Ou ainda: "500 g de afeto/1 xícara de olho no olho/ 1 visita para reconhecimento de ambiente/ 1 dose de autoanálise/ 1 gota de lágrima/ calor humano a gosto" (p. 172). Em todos os dez empreendimentos – vá lá, contos – que propõe, sobram formas infantilizadas de retratar a masculinidade sob o mesmo prisma condescendente e incauto dos que pensam que a literatura é uma petição de *sursis*. A literatura aparece como uma peça de defesa do suposto homem negro ou um *habeas corpus* preventivo destinado não a refletirmos sobre o que somos, mas a explicar o que somos para quem já deu sucessivas provas de que não deseja nos ouvir.

A dinâmica da Indústria Cultural tem nos levado a dar demasiada atenção à presença de autores e de autoras negras no debate cultural na mesma medida em que vilipendia perspectivas analíticas que nos trariam uma exploração mais frutífera do teor estético de seus trabalhos. Foi desse modo que aprendemos a ler Carolina Maria de Jesus porque "é uma autora necessária"; e a fetichizar *Homem invisível* porque "nossas aulas de moral e cívica falharam em nos contar sobre a terrível invisibilidade negra". Nosso juízo estético tornou-se uma sombra de nossa impotência política. E já há quem pense que não é preciso gastar investimento e tempo esperando de um autor negro um novo livro que seja realmente bom. Basta que se fabrique uma boa recepção, pulando, como em um ato de mágica, do nada para a parte doce da comemoração. O êxito de autores como Paulo Scott, Ta-Nehisi Coates, Oswaldo de Camargo, Conceição Evaristo, Ladee Hubbard, Colson Whitehead, Kalaf Epalanga, Danez Smith, Alice Walker, Yara Monteiro, Cidinha da Silva, Itamar Vieira Júnior, Jericho Brown, Teresa Cárdenas, Edmilson de Almeida Pereira, Zadie Smith, Luciany Aparecida e Chimamanda Adichie sugere que não há motivos para que se saia por aí publicizando haver ouro onde não há. De resto, o problema não é a falta de ambição estética em *Homens pretos (não) choram*, ou o fato da obra pertencer às fileiras da literatura de massa. O busílis é ela ser má literatura, aquela que não questiona e também não diverte; aquela para qual o ato de permanecer na superfície das coisas não é fruto de uma escolha, mas de uma carência.

O fracasso do autor nesse livro não interdita eventuais acertos no futuro; porém, a estratégia de lançá-lo com paratextos adulatórios de nomes que já provaram seu valor no cenário cultural brasileiro – como Jeferson Tenório e Emicida – reforça a sensação de que talvez essa obra seja importante porque quem a escreveu o é. Isso, é claro, funciona muito bem para a celebração das mídias sociais, mas não para o ofício literário. A existência de Volp, afinal, merece nosso festejo. A julgar por essa obra, sua literatura ainda não.

Alice no país da meritocracia

Com o crescente esvaziamento da crítica literária brasileira, tornou-se comum confundir obras e autores. Na falta de oportunidade e disposição para analisar um livro, opta-se por falar de seu produtor. Assim, as resenhas se transformaram em meros palcos de divulgação de um rosto. De *O homem no escuro*, de Paul Auster, por exemplo, se disse que os eventos do 11 de Setembro continuavam a reverberar nos interesses pessoais do autor. E só. Do livro, pouca gente lembrou.

Juremir Machado da Silva tem sido vítima dessa prática. Sua trajetória pessoal contribui de forma decisiva para isso. Em 1995, num turbulento episódio, ele foi demitido do jornal *Zero Hora* após discutir publicamente com o cronista Luis Fernando Verissimo. Conhecido por sua inclinação ao embate intelectual, o santanense está sempre – voluntária ou acidentalmente – mergulhado em uma ou outra polêmica escaldante. Esse caminho biográfico pesa muito na hora de avaliar sua obra. Por inconsciência ou má-fé, tende-se a misturar as coisas.

As excelentes novelas *Ela nem me disse adeus*, *Nau Frágil* e *Adiós, Baby*, lançadas em 2003, foram rapidamente classificadas pela cena cultural gaúcha com um bizarro rótulo pretensamente autoexplicativo: "as coisas do Juremir". Isso poderia ser um elogio, como quando alguém mencionava – olá, anos 90 – "um filme tipicamente do Woody Allen". Mas nesse caso trata-se somente de preguiça intelectual. Juremir é um antimarxista cujas práticas marxistas irritam os não marxistas. E nesse não lugar suas obras vagueiam no vazio das recepções ingratas. Se pensarmos a sério sua obra mais relevante da trajetória, *Solo*, um romance publicado em 2008, veremos que o autor mistura esteticamente duas funções díspares: a de pesquisador e a de ficcionista. Ora, o texto acadêmico tem como obrigação demonstrar, fazer aparecer o método e o raciocínio do produtor. Já a peça de ficção procura simular, camuflar, ocultar, manter escondidas as engrenagens porque o que interessa na estética é a forma, e não o conteúdo. *Solo* cria uma terceira dimensão dessa elaboração, na qual o pesquisador some como autor para reaparecer como leitor-ideal de sua própria obra. Seguindo o modelo francês de romance-tese, quem lê *Solo* vai sendo conduzido, às vezes deliberadamente, para a confirmação da hipótese de que o mundo está se tornando cada dia mais estúpido, no qual não há mais espaço para os leitores do livro que Juremir realmente gostaria de ter escrito. Assim, a ficção imaginada pelo autor dá espaço a ficção possível, que é, paradoxalmente, de mais alta literariedade, pois obrigou tanto autor quanto público leitor a aceitar o estatuto de um radical sacrifício empático.

A obsessão do narrador é juntar, misturar aquilo que a maior parte das pessoas insiste em dizer que deveria permanecer divorciado. Ele está sempre disposto a propor o casamento das coisas que não desejam se casar. Ele é contra o *Jornal Nacional*, contra a publicidade, contra tudo aquilo que representa muito para as pessoas como ele. Não é, portanto, real. Não existe senão no cinismo e na inteligência de cada um de nós. Alice, a mulher por quem ele julga ter sido abandonado, é uma musa sem face, sem presença e sem defeitos. Vive-se tudo por empréstimo, por semelhança, como espectadores de nossa própria história. É justamente nessa seara, a da representação da ilusão, que a obra encontra sua voz e justifica sua leitura ao fazer coro com a premissa baudrillardiana de que quando todo mundo vira código, ninguém mais é decifrador.

Apostando no registro cru da patetice humana, *Solo* consegue chegar diversas vezes ao ápice da função estética de um livro: destruir visceralmente aquilo que anuncia apoiar.

Antídoto e placebo em Yara Nakahanda Monteiro

Desde que foi criada, em 2016, a editora Todavia tem se esforçado em construir um catálogo respeitável, que já apresenta valores inequívocos como as pérolas ensaísticas *Valsa brasileira*, de Laura Carvalho, *Rastejando até Belém*, de Joan Didion, e estupendas biografias como a de Lina Bo Bardi, escrita por Francesco Perrota-Bosch, e a de Jorge Amado, por Joselia Aguiar. No campo da ficção nacional, o destaque comercial é o arrasa-quarteirão *Torto arado*. Essas são, sem dúvida, realizações robustas, que justificam, com folga, a existência da editora, mas que contrastam com a tentação de nossos dias, presente em muitos lugares da cena literária nacional, incluindo a própria. Todavia: a de sucumbir às publicações bem menos ambiciosas esteticamente e se tornar apenas mais uma engrenagem na imensa máquina destinada a produzir o espetáculo da inclusão, no mundo literário, daquilo que o mundo social vomitou da realidade concreta[35].

---

35 Nessas mais de duas décadas de atividade como crítico, analisei livros magníficos, livros bons e livros ruins. Faz parte do ofício. Por conta das minhas posições, já fui cortado de eventos literários e perdi muitas oportunidades profissionais. Nunca reclamei porque, como qualquer pessoa adulta, aceito o pre-

Em 2021, ao publicar *Essa dama bate bué!*, romance da escritora angolana Yara Monteiro, lançado originalmente em Portugal, em 2018, a editora parece ter encontrado uma ponte que liga a literatura brasileira à literatura produzida em outros países de língua portuguesa. A introdução desse tipo de romance estrangeiro na vida literária nacional acontece em um momento em que nossas relações étnico-raciais revelam a necessidade de enriquecermos nosso imaginário com universos identitários negros diversos dos nossos. Nomes como Yara Monteiro têm nos protegido da armadilha de ter que substituir qualidade estética por legitimidade antropológica. Sua literatura é uma festa lexical: "bué" e "maka..." são exemplos de termos cujo significado amplia nossos domínios sintáticos, estilísticos e semânticos. E trechos como...

> Passados alguns meses, a guerra colonial eclodiu. A resistência urbana já tinha conseguido espalhar milícias por todo o país, e começou a barbárie entre os negros e os mestiços: separavam-se cabeças de corpos, abriam-se os ventres das mulheres e mutilavam-se as crianças. Massacravam quem não quisesse aderir à revolta (Monteiro, 2021, p. 12).

ço da liberdade. Contudo, nos últimos meses esse preço aumentou bastante: fui alvo de ataques de uma milícia digital organizada por leitores contrariados com o efeito de meus textos analíticos. Ora, críticos criticam. Às vezes não é agradável. Às vezes gera desconforto, mas crítica não é propaganda. E jornais não são canais de YouTube. Em um cenário cultural maduro e saudável, quem gosta de livros não ameaça críticos literários. Mas a gente sabe que desde 2018 muita coisa inaceitável se tornou banal no Brasil. Assim, embora tenha sido extremamente doloroso ter atravessado esses últimos tempos, não posso dizer que me surpreendo com o que vem acontecendo.

...confirmam que se pode fazer literatura de base materialista sem sucumbir ao sociologismo barato ou a concessões a nossas fantasias fetichistas sobre a beleza indolor da revolução dos outros.

O epicentro da obra é a busca de Vitória, que sai pelo mundo à procura da mãe, Chitula, uma ex-combatente da luta armada. A Angola da guerra se encontra com a Angola da reconstrução, em uma investigação de fundo psicanalítico que mistura tradição, ruptura, modernidade e memória. Dedicado à ancestralidade da autora de forma explícita (à trisavó Nakahanda, à bisavó Feliciana, à avó Júlia, à mãe, à tia Wanda), o romance tem duzentas páginas de registro sistemático das delícias e dos riscos da liberdade e expõe, com maestria, a perplexidade humana ao deparar-se com as diferenças entre mapa e território, plano de voo e viagem. Os achados estéticos se sobressaem em uma obra de espetacular beleza e poesia:

> A minha primeira memória é uma árvore; a segunda, uma onda. Sem sombra, voo por entre as raízes que sustentam o fundo do mar. Não existo antes daquele momento, nem existo para além dele. São imagens que irrompem nos meus sonhos e atemorizam o meu sono (Monteiro, 2021, p. 9).

Há evidentes elementos biográficos nessa construção narrativa. A autora também deixou seu país muito cedo, e procura resgatar esteticamente os vestígios de uma raiz que somente exposta consegue comunicar a essência do que somos. As tecnologias da escrita de si em Monteiro se transformam em efetivas armas políticas de autoafirmação e do fomento à emancipação das mulheres negras:

> Parte de mim conforta-se nessas sensações. A outra parte inquieta-se com o vazio de ser só isso tudo o que tenho de recordação da minha mãe. A verdade mais íntima é não a poder reclamar como sendo minha. Sei-o. Rosa Chitula, minha mãe, mais do que a mim, amou Angola e por ela combateu. Chamo-me Vitória Queiroz da Fonseca. Sou mulher. Sou negra (Monteiro, 2021, p. 9).

No Brasil, é comum que a literatura seja moeda de troca na operação de *diversity washing*, através da qual grupos e indivíduos com notória trajetória racista nas últimas três décadas podem agora abrir suas janelas antirracistas para que a entrada do *black money* retire suas empresas do vermelho. Essas são operações da ordem do capital, lícitas e, até certo ponto, previsíveis. Do lado de cá, o da crítica, o foco deve ser as operações de ordem artística, que se tornaram, em um mundo controlado pelo capital, inúteis e, eventualmente, desprezíveis. A erosão do pensamento analítico brasileiro no campo das Letras é um dos efeitos de uma guerra simbólica que mirou os observadores, mas atingiu os objetos. O impacto disso na produção literária negra foi a rendição do rigor estético ao regime da adulação aos autores e autoras afrodescendentes. Editoras, escolas, universidades, instituições para o fomento da leitura, revistas literárias, oficinas e outros aparelhos ideológicos da vida cultural viraram palco das encenações de suspensão de juízo de entes que precisam desesperadamente expiar suas culpas sociais. A crítica literária brasileira, que há anos resistia, na agonizante desidratação de seu sentido principal, finalmente terminou. Tantos anos de compadrio, de tapas no ombro, de avais a livros banais dos herdeiros da casa-grande, de autores que, na falta de competência, vampirizaram tudo o que tocaram (do liberalismo brasileiro ao marxismo nacional), de fidelidade interminável à branquitude, de autoindulgência e de inacreditável insensibilidade às questões raciais demandaram um cinismo crítico que domina hoje grande parte do debate intelectual. A autoria negra teve negado seu direito ao exame justo de sua produção literária. Sem esse expediente nunca poderá gozar do prestígio que lhe é devido. Sua eventual visibilidade é banhada de fantasia e de poeira retórica, suas conquistas literárias não passam de placebo. Os elogios e as aprovações são feitas somente como encenação, uma emulação combinada previamente entre os donos da cultura, como encenação necessária à construção da verossimilhança de uma trama narrativa que sugere aos autores negros que o que foi feito no campo social pode ser agora desfeito através de prêmios literários, resenhas positivas e um cartão *black infinite*.

Esse mecanismo é oriundo de uma tentativa sociopolítica de reduzir o risco de que as tensões sociais resultantes da natureza excludente do capitalismo contemporâneo possam provocar reações potencialmente críticas nos indivíduos. A atividade literária tende a se transformar, nesse cenário, em um mero instrumento de equalização das demandas conjunturais e das aspirações individuais, sem qualquer compromisso com um projeto estético que inclua alguma ambição cultural. O comportamento escapista dos operadores dessa produção evidencia uma situação na qual aqueles que fazem literatura enxergam a si próprios – e a sua atividade – como um ansiolítico, cuja função é reduzir a velocidade de consumação de uma espécie de ordem cultural inevitável, da qual nenhum de nós poderia escapar. Uma razoável explicação desse processo só pode ser encontrada no campo sociológico, porque a

Teoria Literária hoje parece excessivamente preocupada em garantir a existência do objeto literário (seja ele qual for, apareça ele na forma em que aparecer), queimando, nesse esforço, tudo o que lhe era devido: rigor, coragem, ousadia e independência intelectual. É como se a existência do ofício literário fosse uma infração comercial que só pode ser tolerada mediante a aceitação prévia da tese de que o processo de mercantilização das coisas de nosso tempo necessita se impor não apenas através da dinâmica da circulação capitalista, como também no espetáculo ideológico de seu triunfo simbólico.

> Mas a *práxis* política e as suas categorias teóricas são reflexas da *práxis* social global. Essas categorias trilham o caminho do desenvolvimento de uma formação econômico-social e somente deixam de ser elementos alienadores para se transformarem em dinamizadores quando refletem a essência dessa *práxis* social, suas relações de trabalho fundamentais; somente depois de esgotar todos os seus elementos dinâmicos uma formação econômico-social se modifica, é substituída por outra. Enquanto ela não se esgota, ou seja, quando a harmonia entre as forças produtivas e as relações de produção presidem o seu desenvolvimento, ela avança no sentido de uma maior complexidade econômica e riqueza social. Mas, quando a harmonia deixa de estar presente e se transforma em contradição, todos os elementos gradualistas que operavam na sua estrutura como mecanismos progressistas do desenvolvimento global deixam de exercer função dinâmica, transformando-se em entraves ao reestabelecimento dessa harmonia em grau superior. Em outras palavras: as reformas pas-

> sam a funcionar como válvulas de escape capazes de atenuar as tensões sociais permanentes que surgem dessa desarmonia, de acordo com os interesses materiais e sociais da classe dominante e seus desejos e configurações subjetivas (Moura, 2021, p. 171).

Não é de espantar que os elementos para a superação desse abismo criativo venham justamente de indivíduos que experimentam hoje a dupla e complexa experiência de serem, ao mesmo tempo, herdeiros da escravização e credores do processo de resistência. E não causa espécie a ninguém que no Brasil – útero onde o conjunto de diásporas gerou uma ideia vibrante e contraditória de nação – a literatura produzida por autoras africanas esteja apta a mobilizar forças capazes de superar as velhas amarras do colonialismo (ainda que elas se apresentem, por estratégia, como novas amarras dos mercados contemporâneos) e que seja essa literatura o que existe de mais pulsante em nossa era[36].

---

36 Apesar das farsas publicitárias que procuram convencer a todos que socializar o acesso à literatura é o mesmo que democratizar o talento literário, a questão estética se impõe e continua a humilhar neófitos bem-intencionados, com a evidência ofuscante de que há textos que são meros registros antropológicos e outros que transcendem essa condição e se tornam, de fato, artefatos literários dignos de nota. É claro que sei do que falo: minha tese de doutorado é sobre um autor negro; meu primeiro pós-doc foi sobre dois autores negros e meu atual pós-doc também é sobre um autor negro. Tenho livros sobre isso. Dou cursos sobre isso. E edito gente negra não porque sejam negras, mas porque eu sou um crítico tão comprometido com a literatura que luto para que o racismo não continue a contaminar nossos julgamentos literários. A despeito dessa luta – ou por causa dela – já teve gente me desejando a morte, e cantora branca da MPB me chamando de racista. Teve também *influencer* negro sugerindo que eu fosse torturado "como todo mundo lá naquele nojo da USP". Esse é o saldo do espetáculo deprimente da representatividade vazia e sem criticidade. Quando uma pessoa branca acusa uma pessoa negra de ser racista ela está bebendo da mesma água que hidrata a parvoiçada do racismo reverso.

Assim, Monteiro traduz para o idioma literário um sentimento antes difuso e quase difícil de ser compreendido pela história brasileira:

> Por muito tempo, a noção de relações raciais informais – e, portanto, benignas – do Brasil, teve sua raiz no modelo de exploração dos tempos coloniais e no processo de imigração do século XIX, que criou um patriarcado português ou luso-brasileiro dominado pelos brancos. [...] A morte do pai branco serve como um símbolo pungente da evolução final da consciência negra, e atesta a rejeição de uma história branca desenvolvida, legitimada e recontada ao longo dos tempos pelos homens brancos (Brookshaw, p. 274, no prelo).

Essa dama bate bué! é uma rara oportunidade para a superação de nossa limitação nacional em compreender o binômio literatura-sociedade. Nessa obra o caldo histórico não aparece como pano de fundo para a construção da narrativa, e sim como centro identitário daquilo que condiciona a vida de todos nós, pretos, brancos ou nem tanto: o passado[37].

---

37 O Modernismo foi, em certo sentido, uma reação estética à coerção comportamental dos colonialismos todos: "So we beat on, boats against the current, borne back ceaselessly into the past" (Fitzgerald, Vintage: Nova York, 2012).

Um corpo vazio para o verão

A memória humana é um reservatório de valores afetivos. Lembrar é guardar. O acesso a esse cofre simbólico, porém, se dá através de um território cujo domínio não possui filiação emocional. Há uma política da memória. E controlá-la é a chave para o exercício da liberdade. Esse tema tem sido muito caro à literatura universal. De Santo Agostinho a Carolina Maria de Jesus, passando por Philip Roth, Ta-Nehisi Coates, Paul Auster, Jonathan Franzen, Marcel Proust, Joan Didion, Annie Ernaux, Priscila Pasko, Jean-Jacques Rousseau, Teresa Cárdenas e Raduan Nassar – poderíamos ficar aqui o dia inteiro enfileirando bons nomes, mas, diferente de mim, você precisa viver –, nossa capacidade de reelaborar o passado, transformando o ontem em força motora do hoje, é algo central na composição da vida literária. É precisamente isso o que ocorre em *Heavy, um relato americano*; de Kiese Laymon. Publicado com grande barulho em 2018, a obra arrancou elogios do Times, da NPR, do *Washington Post* e se tornou a sensação das rodas literárias em Williamsburg. Trata-se de uma bem-sucedida mistura de diário, ensaio, tratado e romance de autoficção. *Heavy, um relato americano* toma contornos de manifesto antigordofobia ao atacar a dimensão sádica dos controles do corpo negro da infância à fase adulta. O autor coloca em perspectiva a posição do indivíduo obeso no país que vende o excesso como luxo, mas que sugere ser a presença abundante de um corpo um testemunho dos abusos de uma alma.

Com uma prosa limpa, porém agressiva, Laymon compele quem o lê a assistir seu embate com a dolorosa evidência da discrepância entre o mundo para o qual foi preparado e o mundo objetivo que se vê obrigado a enfrentar. Somos apresentados a um mundo no qual a violência das tentativas de conserto daquilo que está estragado é, por vezes, mais destrutiva do que a ação que causou o dano original. Laymon é um indivíduo gordo e negro, que precisa lutar contra as autorizações que seu peso e sua cor parecem sugerir aos outros.

Com fortes tons autobiográficos, que emulam uma carta endereçada à própria mãe, o narrador devora suas agonias em uma língua que somente a memória parece capaz de compreender. Em sua exploração intelectual sobre a sociedade americana – e sobre as bases nas quais ela, por vontade ou pressão, ergueu suas estruturas –, o autor encara seus fantasmas edipianos e suas limitações afetivas. A mãe, na ânsia em preparar o filho para um mundo terrível, antecipa a chegada desse reino de horror a ele já na infância. Não há diferença entre um procedimento protetor e um mutilador quando ambos saem da mesma fonte do descontrole, do desmando e do desespero. A linguagem da violência – já tão bem explorada pela tradição literária afro-americana – é revisitada aqui em palavras de beleza e acidez.

Na obra há uma teoria racial bastante simples de se compreender: racismo não é a desaprovação de um indivíduo por outro, mas um sistema de negações de um grupo em relação a outra coletividade. Não há, portanto, racismo individual. Todo racismo é social, político e coletivo, porque destrói a possibilidade de reconhecimento da dimensão individual do outro. A desaprovação do protagonista em relação aos brancos não passava de antipatia, enquanto a desaprovação branca em relação a ele se estendia à interdição de relacionamentos, dos afetos, do cerceamento da mobilidade social, até chegar à ameaça renitente do homicídio por motivações raciais. A objetificação do corpo masculino negro, tratado como inimigo, como testemunho de uma animalidade que deve ser destruída, é um dos epicentros dessa obra cujo alvo parece ser o mito da liberdade nos Estados Unidos. É possível perceber a intenção de Laymon em acompanhar o caminho que liga as raízes da herança escravocrata estadunidense ao sistema de controle de indivíduos que, no presente, embora emancipados, não podem usufruir de suas autonomias. A memória dessa certeza condiciona os pares de Laymon a desejar a extinção – pela fome ou pelo bisturi – de uma constituição física que ostenta toda densidade psíquica que a história nos delegou.

Dentre os múltiplos efeitos nocivos do patriarcado está também o esmagamento da presunção de vida subjetiva dos homens, em especial daqueles que fenotipicamente não podem responder ao padrão desejável pelos sistemas de controle. A força, a agilidade, o relevo dos músculos, a espessura do quadril, o formato do maxilar são tipos de grades que repousam sobre a pele dos homens e, nesse sentido, o corpo negro se torna alvo de um conjunto de expectativas irreais, construídas no útero do imaginário racialista.

Não me lembro quando comecei a ser gordo. As fotos de infância – há uma na banheira azul celeste, em que se pode contar dezesseis dobras no pequeno corpo negro de três meses de idade – comprovam que era improvável que o adulto obeso estava dentro de mim como Capitu estava dentro da casca da obliquidade. Desde cedo aprendi a desculpar-me pelo corpo que me levava para lá e para cá, como se não fosse justamente o corpo a fonte de todas as delícias, inclusive essa de dizer para vocês agora essas coisas, fruto das minhas sinapses de gordo, transmitidas para as falanges de meus dedos de gordo, enquanto repouso o laptop em minhas coxas de gordo. Tudo isso aqui é meu domínio. Foi aquilo que, na vida, construí.

A literatura garante conquistas que, uma vez alcançadas, não podem ser suspensas. E através dela descobri que alguém que pede para que você reduza seus domínios é alguém que quer dominá-lo. E quem quer dominá-lo é seu inimigo. Há fortes pressões para que esvaziemos nosso corpo, para que o tornemos desidratado, fino e oco, como um espelho, onde todos possam se ver em nós. É disso que fala Laymon, da necessidade de resistir às tentativas de colonização da nossa vontade. Esta é uma obra que defende o único tipo de propriedade privada que vale a pena: a do domínio de nossa pele, a indicar os limites de nosso corpo sempre lindo.

As coisas que aprendi nos discos

Até os seis anos eu achava que minha mãe era Elis Regina. Explico: eu sempre a ouvia cantar *Fascinação* como se fosse um ritual sério. Ela conduzia um respirar diferente, entonava cada nota, com exatidão de diamante. Deduzi – dada a minha imensa inteligência e exuberante perspicácia – que a cantora que eu ouvira na fita cassete era, por óbvio, ela mesma. Dentre um movimento e outro, ela devia escapar para fazer seus shows. Se os músicos eram seres humanos, era razoável concluir que aqueles que prendem a roupa no varal possam, de vez em quando, subir ao palco. Minha indústria cultural era democrática, porque era minha. Naquela época havia a classe média baixa. E as crianças desse grupo não sonhavam com a fama dos *likes*, das *views* e do sonho. Fantasiar o que os artistas tinham ou faziam não era exatamente fácil. Tínhamos acesso a quem eles eram por uma parte muito pequena da vitrine. Nossos sonhos de consumo eram de rápida descrição: uma Lamborghini, que vimos estampada em uma das cartas do Super-Trunfo; uma casa com piscina, que observávamos, à distância, quando saíamos da escola e o carro do proprietário manobrava para adentrar a garagem. A riqueza era um acontecimento impossível. E a fama, se viesse, viria com coisas que não conhecíamos ao certo, porque havia um sentimento de profunda diferença entre o que éramos e aquilo que os ricos eram. Hoje a infância brasileira sonha alto. Qualquer *instagrammer* negro é Carolina Maria de Jesus. Qualquer adolescente branco é David Foster Wallace. No momento o Brasil tem apenas ricos e miseráveis que simulam ter a vida daqueles que os oprimem.

OK. Vamos seguir.

Eu falava da minha mãe, da minha mãe que morreu e que eu achava que era a Elis Regina... Então, um dia eu tinha tido um pesadelo: homens enfeitados de palhaços invadiam nossa casa e ameaçavam nos jogar, amarrados, na Lagoa dos Patos. Acordei de sobressalto. Antes de chegar à cozinha de nossa casa, na Cohab, vi minha mãe e meu padrasto conversando, cigarro Plaza na mão dele contra o cigarro Free na mão dela, e ela dizia assim, em desespero: "A ditadura matou a Pimentinha. Ninguém me tira isso da cabeça."

Retornei para a cama sem tomar água, repassando as árvores e as plantas da casa. Tinha limoeiro. Tinha figueira. Tinha muito pé de maracujá. Mas não tinha pimenteira. E se tivesse, como a tal da ditadura a teria matado? Por qual motivo? O que era ditadura? Dormi sem saber. E durante muito tempo acordei sem a resposta. Não sei ao certo quando a escuridão sumiu. O que sei é que há uma nebulosidade densa no que chamamos de regimes de exceção. Uma grande parte de nós, negros em diáspora, sente um prazer sádico com ditaduras. A ditadura permite aos brancos sentirem nossas dores. A ditadura apresenta a eles a prisão dos corpos. E a injustiça kafkiana dos processos jurídicos no Brasil. Fulano foi torturado por quê? Porque parecia suspeito; porque estava lendo *O vermelho e o negro*. Porque parecia ser o

Beltrano. É isso que une uma parte de nós ao totalitarismo. E é isso que nos uniu ao Mal. Todo apoiador negro de Bolsonaro é, antes de tudo, um sádico (mas atenção: isso inclui também aqueles esquerdistas que vibraram em silêncio com a eleição de Vossa Majestade, o Coisa Ruim, em 2018 com o argumento de que a esquerda precisava de uma lição porque estava muito afastada da periferia, que precisava se reencontrar com os pobres, como se os pobres fossem algum tipo de energia desmiolada que anda por aí sob necessidade de tutela, como se não fossem eles mesmos os sujeitos de sua própria história e os artífices de seu próprio mundo).

Para derrotar fascistas é preciso abandonar a fantasia militarista de que a dor é pedagógica. É preciso apostar na orgia do presente; e na urgência fértil de noites nas quais dizemos o que realmente pensamos a quem amamos, ainda que isso seja apenas uma farpa de felicidade cristalizada na cabeça de uma criança perdida.

Minha mãe, que era pobre, via em Elis uma irmandade vinda não do essencialismo feminino, mas do fato de que as duas conheciam os homens, e eram mulheres que faziam mais do que aquilo que se esperava delas e bem menos do que aquilo que era exigido. Sabiam as duas, da massa gorda do machismo. E talvez tivessem chegado à quarta década de vida, não fosse o mundo do jeito que é.

As lições sem giz

Todos os dias, nas muitas escolas dos mais de cinco mil municípios desse país, profissionais da educação evitam tragédias como a ocorrida em Suzano no dia 13 de março de 2019. Nós, das portarias às direções dos colégios, desarmamos, em silêncio, dezenas de bombas-relógio como essa. Somos soldados de um outro tipo de batalha: a luta contra o severo processo de desumanização do ambiente escolar. Usamos a educação para combater a barbárie. E usamos a delicadeza para neutralizar o rancor. É um sorriso aqui, uma chamada para conversa com os pais ali. É uma indicação para apoio psicológico acolá. E *fiat lux*: está feito o trabalho que a maioria acha inútil. Mas é claro que ninguém lembra do professor com a lombar estourada. Nem da professora afastada por LER. Tampouco lembram que as mãos dos funcionários da limpeza sofrem com dermatites crônicas, por causa dos fortes produtos de limpeza usados para deixar a classe limpa depois de dois períodos de Artes e muita criatividade com o sexto ano do ensino fundamental. Não. Ninguém quer saber. Para a sociedade civil, educador bom é educador morto.

Nossa situação é mesmo curiosa. Nossas armas são ao mesmo tempo frágeis e poderosas. Frágeis, porque nada pode a razão contra a estupidez bruta de uma arma carregada. Poderosas, porque a inteligência é o único instrumento capaz de construir o futuro. Com a nossa intervenção, todos os dias centenas de adolescentes desistem de entrar em seus colégios para atirar em tudo o que se move. Eles desistem porque descobriram finalmente um modo de trabalhar seus dramas e traumas; desistem porque acharam apoio no corpo docente, em um colega prestativo ou em uma caixa de Risperidona. Eles desistem, fundamentalmente, porque nós, que estamos na linha de frente, prestamos atenção a eles, e sacrificamos nossa rotina pessoal em nome de uma atividade trabalhosa, mal remunerada e muitas vezes invisível.

De vez em quando os inimigos da educação tentam impor sua agenda desmiolada, com o argumento estapafúrdio de que a função da escola é ser um quiosque do Google. Eles acreditam ser possível reduzir a complexidade dos anseios humanos a uma mera lista de itens de consumo. Querem buscar a crédito as coisas que o dinheiro não pôde entregar. Nada de novo sob o sol. Há sempre um adulto acrimonioso disposto a escoar nos jovens a carga tóxica de suas próprias limitações. Quanto a nós, seguiremos aqui, fazendo o que tem que ser feito, do modo como deve ser feito. No dia 13 de março de 2019 a sala de aula nos deu mais uma de suas dolorosas e intensas lições: educar é, às vezes, salvar.

A vingança de Tia Nastácia

> Nós, representantes do povo brasileiro, reunidos em Assembleia Nacional Constituinte para instituir um Estado Democrático, destinado a assegurar o exercício dos direitos sociais e individuais, a liberdade, a segurança, o bem-estar, o desenvolvimento, a igualdade e a justiça como valores supremos de uma sociedade fraterna, pluralista e sem preconceitos, fundada na harmonia social e comprometida, na ordem interna e internacional, com a solução pacífica das controvérsias, promulgamos, sob a proteção de Deus, a seguinte Constituição da República Federativa do Brasil (Constituição brasileira de 1988[38]).

Muitos membros da comunidade negra ainda acreditam que se a mobilidade social sorrir para eles, o problema racial estará resolvido. É por isso que quando falam em Carolina Maria de Jesus estão mais interessados em dizer que ela "viajava de avião", que "vendia muitos livros", que "conhecia os políticos mais poderosos" ou que "circulava nas rodas da alta sociedade". Raramente se fala no talento demonstrado em *O quarto de despejo*. Na literatura contemporânea são abundantes os exemplos de

---

38 Disponível em: http://www.planalto.gov.br/ccivil_03/constituicao/constituicao.htm.

autores que de valor têm somente a própria história de massacres e resistência. Diversos editores se contentam com os espetáculos da orfandade, da carestia e, é claro, da gratidão dessas figuras negras em relação às brancas que concederam a elas agora a possibilidade de acessar os bens que nunca acessaram.

Aqui uma história pessoal:

No começo dos anos dois mil, sempre que eu ia ao Sarau Elétrico, um evento cultural local muito famoso aqui em Porto Alegre, ficava maior em mim a suspeita de que Porto Alegre era a cidade mais importante da Via Láctea. Aqui tudo era melhor: o Duca Leindecker era maior que o Paul McCartney. O Giba Giba dava de relho no Paul Simon. O Zaffari tinha cuca. E os nossos protestos contra as comemorações dos 500 anos do descobrimento davam aula de militância para o mundo. Eu ficava lá perto do balcão, de camisa de flanela cinza, gola rulê preta, *movistar amigo* da Telefônica no bolso direito da calça, tomando uma Polar, para não parecer tímido (Coca-Cola era na lanchonete Cavanhas. No Bar Ocidente se bebia cerveja. Eu tinha valores muito sólidos). Daquele ponto estratégico, eu ouvia os textos e os arrazoados do trio de apresentadores solares. Assistia a tudo meio escorado no banco alto, um tanto antropologicamente deslocado porque, apesar de viver em Porto Alegre, o mundo dos anos 2000 não era pós-racial, o Fernando Henrique era o presidente e minha internet era ZAZ. Katia Suman – a voz – lia textos de Michel Melamed, Caio Fernando Abreu, Marina Colasanti e de gente que eu conhecia pela *Bravo!* O Cláudio Moreno contava as fofocas do Olimpo; e o Luís Augusto Fischer tentava aproximar Porto Alegre do resto do mundo. Aliás, para mim, havia duas celebridades no mundo das Letras naquela época: Luís Augusto Fischer e Pasquale Cipro

Neto. De lá pra cá muita coisa mudou: as pessoas hoje preferem cerveja artesanal (daquelas que fazem pipoco de espumante quando a garrafa é aberta); o presidente piorou; o time do Sarau perdeu e ganhou integrantes diversos, mas o Fischer continua firme na tarefa de juntar a ilha Porto Alegre ao continente Brasil[39].

Trago isso agora porque os marxistas brancos do Brasil – poderia dizer do mundo, mas sou apenas um, por favor, compreenda – seduzidos pelo desejo de ver a revolução dobrar a esquina a todo momento, aceitam acriticamente a ideia de que os subalternos não fazem parte do processo histórico até que sejam, pela força dos ventos, incluídos pela economia, como classe. Para esses teóricos, os negros, sendo pobres, podem perfeitamente ser tomados apenas por uma parte daquilo que são, pobres. Não desejam falar de raça porque estariam dispostos a falar de classe. Contudo, efetivamente não falam de classe porque não admitem pertencer a nenhuma. Assim, a formatação do sistema econômico nacional trabalha de modo a invisibilizar as intenções de se perpetuar o domínio socioeconômico dos brancos sobre os negros[40].

---

39 Tenho hoje o privilégio de ter contato com o Fischer de múltiplas maneiras: como editor, como ex-supervisor de pós-doc e como companheiro de empreitada livresca sempre que necessário. A vitalidade do mercado editorial contemporâneo às vezes nos dá a sensação de que a genialidade é perecível, mas não é. Por isto estou lendo o magnífico *A ideologia modernista: a semana de 22 e sua consagração*, escrito por ele e lançado recentemente pela Todavia. A mistura bem equilibrada de informação e estilo faz com que a forma ensaística pareça uma boa conversa entre adultos. Tudo feito na maior elegância, sem gritaria, sem o ipanêmico revanchismo rasteiro que infectou esse debate. São 444 páginas de defesa lúcida da tese de que o Modernismo foi uma construção paulistana, mas que sua desconstrução – cem anos mais tarde – pode ser gaúcha, mineira, catarinense, baiana, carioca, capixaba, paraibana... e, portanto, brilhantemente brasileira.

40 Marxistas brancos e liberais brancos se equivocam igualmente porque ambos possuem a mesma origem: o berço de ouro do qual preferem jamais abrir

Minha sensação de que Porto Alegre era o centro do mundo, no final do século passado, é uma das coisas mais belamente melancólicas de que me lembro. Trata-se de um mecanismo de defesa. Ocorre sempre que alguém, ao perceber sua insignificância, finge jactar-se da extensão de sua própria impotência. Gaúchos sabem o significado do que eu digo. E quem quer que não seja sudestino também. Tive que escrever este livro porque o marxismo brasileiro, salvo raríssimas exceções, não se preocupa com a questão racial. Vou limpar essa sujeira. De onde eu venho, somos muito bons nisso. Não passar o pano, mas esfregar, jogar água, arear, encerar. É para isso que a gente serve mesmo, não é? É claro que nas últimas décadas aprendi que reclamar da escravidão no momento em que as condições da senzala estão melhores é uma burrice operacional, mas aprendi também que é justamente nessa hora, em que as condições de vida melhoram, que as elites não querem que se façam colocações sobre as estruturas, porque é justamente nessas horas que as coisas podem melhorar. Impossível foi para meus pais retirar os grilhões que oprimiam seus modos de pensar, porque passaram fome, porque foram o alvo da violência e da doença. Eu, que herdei programas de bolsa de estudo, leis mais rígidas contra o racismo e uma dúzia de neologismos *destinados* a explicar o nome das coisas que nos exploram, aprendi que é fundamental reconhecer que é possível ir além do que eles foram, na direção da emancipação completa.

---

mão. Por aqui os liberais brasileiros aceitam qualquer coisa para não perder seus privilégios, até mesmo a intervenção do estado nas atividades do mercado. Já os marxistas brancos topam o que for para não perder seus privilégios, até mesmo privatizar a universidade pública.

Não tenho nada a perder, exceto a simpatia dos herdeiros das práticas escravagistas na pós-modernidade, mas a esses faço questão de desapontar, ainda que isso me custe, e você – branco ou negro, negra ou branca – sabe bem o quanto custa.

Apesar das aparências, o objetivo deste livro não é ofender a quem quer que seja, embora isso tenha se tornado difícil em um mundo onde o autoengano se transformou em uma religião. Meu argumento aqui foi – como aliás tem sido esse o tempo todo – o de que nem a arte, nem o tempo nem a ilusão podem resolver o problema de que nenhuma das figuras históricas que participaram dessa barbárie (a Igreja Católica, o Estado Brasileiro e a elite nacional) trabalham hoje, como instituição, suficientemente para desmontar o sistema que montaram, de modo que de fato desfizessem o horror que foi feito. É certo que a escravidão não foi criada nem por europeus nem por africanos, mas a seu modo eles a aperfeiçoaram e construíram um sistema de produção que continua regendo nossas vidas. O afromarxismo é uma construção teórico-prática histórica, cujo objetivo é continuar qualificando nossas resistências, mas o processo de resistir é constituído de muitos movimentos e por múltiplas ferramentas. Algumas delas são puramente negras. Já outras, igualmente nossas, foram gestadas no útero da branquitude porque, afinal, não viemos para o Brasil por gosto, nem pelo desejo de uma vida melhor. Habitamos a casa do outro. Aprendemos o idioma do outro. Vivemos entre os outros. Foram os outros que nos disseram se éramos culpados ou inocentes. Eles foram, para nós, a medida de todas as coisas.

Contudo, esse tempo terminou.

Hoje são justamente os outros que comem nossa comida, dançam a nossa música e bebem o nosso leite.

Através de um feitiço acachapante, nós tornamos o mundo deles um espelho do nosso. Agora eles são nossos opostos, não o contrário. Metamorfoseados em reflexo, eles procuram, sem paz, a profundidade existencial perdida. E colocam a culpa da falência dos modelos de controle social nas invenções tecnológicas, como seus antepassados colocavam a culpa das assombrações nos terrenos puros em que viviam os assombrados. E buscam a redenção através da criação de estratégias de valorização da natureza, dos nossos corpos e da nossa luta. A isso eles dão o nome de ESG[41]. Grande ilusão. De nada adiantarão essas teatralizações estéreis da vida política. A história negra não é um capítulo da história universal, a ser contado por novas vozes. Ela é a própria história universal, na medida em que evidencia tanto o que foi feito quanto quem o fez. Já a história branca, se não aceitar a lâmina dura da autocrítica, atestará apenas o que foi feito, com a supressão cínica daqueles que o fizeram.

Em certo sentido, nós somos os netos da Tia Nastácia. E viemos cobrar o que o país nos deve. Não precisamos mais de porta-vozes, nem de tradutores. Trazemos nas costas o significado das palavras *pacta sunt servanda*[42]. Se a branquitude insistir em continuar descumprindo a Constituição Federal, tratando-nos como cidadãos de segunda classe, não haverá mais tecido legal que a proteja de nosso ódio reprimido. Anote aí: se não pudermos acabar com o racismo, eliminaremos os racistas.

---

41 Environmental, Social and Corporate Governance (governança ambiental, social e corporativa). Em outras palavras: blá-blá-blá.

42 Fugi das aulas de grego. Às de latim, fui a todas. Perguntem ao professor Bruno Bermamin.

Referências

ADORNO, Theodor. *Notas de literatura*. São Paulo: Editora 34, 2012.

ADORNO, Theodor. *Mimina Moralia*. Rio de Janeiro: Azougue, 2018.

AGUIAR, Joselia. *Jorge Amado*: uma biografia. São Paulo: Todavia, 2018.

AZEVEDO, Luiz Mauricio. *A toupeira invisível*: marxismo negro e cultura antimarxista em Ralph Ellison. Porto Alegre: Figura de Linguagem, 2018.

AZEVEDO, Luiz Mauricio. *Boca de conflito*: universidade brasileira, racismo e Marx. Porto Alegre: Figura de Linguagem, 2019.

AZEVEDO, Luiz Mauricio. *Estética e raça*: ensaios sobre a literatura negra. Porto Alegre: Sulina, 2021a.

AZEVEDO, Luiz Mauricio. *Wolfsegg, Rio Grande do Sul*. Porto Alegre: Figura de Linguagem, 2021b.

BASTOS, Fernanda. *Os árbitros, as botas, as melancias e os postes*. Porto Alegre: Figura de Linguagem, 2021.

BROOKSHAW, David. *Raça e cor na literatura brasileira*. Porto Alegre: Figura de Linguagem, no prelo.

CANDIDO, Antonio. *A formação da literatura brasileira*. São Paulo: Ouro sobre o azul, 2009.

CARVALHO, Laura. *Valsa brasileira*: do boom ao caos econômico. São Paulo: Todavia, 2018.

DIDION, Joan. *Rastejando até Belém*. São Paulo: Todavia, 2021.

DUCASO, Ruth. *Florin*. Salvador: Paralelo 13s, 2020.

DURÃO, Fabio. *O que é crítica literária*. São Paulo: Parábola, 2016.

EAGLETON, Terry. *Como ler literatura*. Porto Alegre: LP&M, 2019.

ELLISON, Ralph. *Homem Invisível*. Rio de Janeiro: José Olympio, 2021.

FITZGERALD, F. Scott. *The great Gatsby*. Nova York: Vintage, 2012.

FISCHER, Luís Augusto. *A ideologia modernista*: a semana 22 e sua consagração. São Paulo: Todavia, 2022.

FOLEY, Barbara. *Wrestling with the left: the making of Ralph Ellison's Invisible Man*. Durham: Duke Press, 2010.

FOLEY, Barbara. *Marxist literary criticism today*. Nova York: Pluto press, 2020.

HEGEL, Georg. *Fenomenologia do Espírito*. Petrópolis: Vozes, 2001.

hooks, bell. *Olhares negros, raça e representação*. São Paulo: Elefante, 2019 a.

hooks, bell. *Anseios*: raça, gênero e políticas culturais. São Paulo: Elefante, 2019 b.

hooks, bell. *Erguer a voz*: pensar como feminista, pensar como negra. São Paulo: Elefante, 2019 c.

LUKÁCS, Georg. *Marxismo e teoria da literatura*. São Paulo: Expressão Popular, 2010.

KIRSCH, Adam. *Quem quer ser um escritor judeu? E outros ensaios*. Porto Alegre: Figura de Linguagem, 2021.

KILOMBA, Grada. *Memórias da plantação*. São Paulo: Cobogó, 2019.

MARX, Karl. *O 18 de brumário*. São Paulo: Boitempo, 2012.

MARX, Karl. *A ideologia alemã*. São Paulo: Boitempo, 2014.

MARX, Karl. *O Capital – volume III*. São Paulo, Boitempo, 2017.

MONTEIRO, Yara. *Essa dama bate bué*. São Paulo: Todavia, 2021.

MOURA, Clovis. *A sociologia posta em questão*. Porto Alegre: Figura de Linguagem, 2021.

MORESCHI, Marcelo. Sociologia demais. Rio de Janeiro: *ALEA – Estudos neolatinos*, Rio de Janeiro, n. 16, dez. 2014.

MORETTI, Franco. *O burguês*: entre a história e a literatura. São Paulo: Três estrelas, 2014.

PERROTA-BOSCH, Francesco. *Lina*: uma biografia. São Paulo: Todavia, 2021.

PIKETTY, Thomas. *Time for socialism*. Londres: Yale Press, 2021.

RAMOS, Graciliano. *São Bernardo*. Rio de Janeiro: Record, 2019.

ROBINSON, Cedric. *Black Marxism*: the making of the black radical tradition. Chapel Hill: University of North Carolina Press, 2006.

SILVA, Juremir Machado. *Raízes do conservadorismo brasileiro*: a abolição na imprensa e no imaginário social. Rio de Janeiro: Civilização Brasileira, 2017.

VIEIRA JÚNIOR, Itamar. *Torto arado*. São Paulo: Todavia, 2019.

VOLP, Stefano. *Homens pretos (não) choram*. São Paulo: Harper Collins, 2022.

WALKER, Alice. *We are the ones we have been waiting for*: inner light in a time of darkness. Nova York: Weidenfeld & Nicolson, 2011.

WRIGHT, Richard. *Native son*. Nova York: Harper Collins, 2008.

Índice remissivo

Composto especialmente para a Editora Meridional
em Fraunces 11/14,7 e impresso na Gráfica Odisséia.